NF文庫
ノンフィクション

海軍落下傘部隊

極秘陸戦隊「海の神兵」の闘い

山辺雅男

潮書房光人新社

昭和17年1月11日、セレベス島メナドのランゴアン飛行場に敵中降下する海軍落下傘部隊。この作戦が陸海軍をとおして日本初の落下傘降下作戦となった

緊密な編隊を組んだ九六式輸送機から飛び出した落下傘兵。背負った収納袋から落下傘を引き出す自動曳索がまだ機体とつながっている。先に降下した兵の曳索が機体横にのびている

昭和15年11月、落下傘部隊編成のためのテスト要員として秘密裏に横須賀航空隊に集められた26名(第一期研究員)。前列左から5人目が著者

横須賀航空隊での訓練の合間に撮影された著者(左から2人目)と同僚たち。第一〇〇一号実験研究と呼ばれた落下傘降下のテストは、秘匿のため航空隊の起床前の早朝に実施された

格納庫の天井に吊り下げた「ブランコ」(落下傘の動揺周期を再現)からの着地訓練

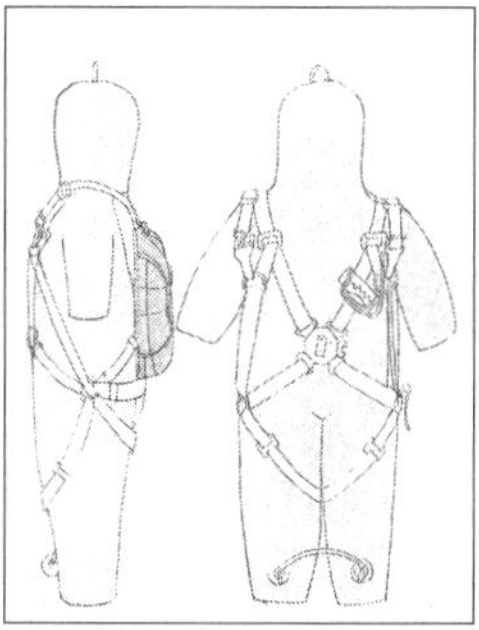

落下傘の開傘試験に使用された人形(ダミー)。重量60キロ、これに10キロの落下傘を装着して飛行機から投下した(作図・高橋昇)

降下訓練に向かう落下傘兵。後方に彼らが乗り込む九六式輸送機が待機している

降下訓練で九六式輸送機から次々と空中に飛び出す落下傘部隊員。先に飛び降りた隊員の主傘はほとんど曳き出されている

着地した落下傘兵は、ただちに隊形を整え戦闘に移る。メナド戦では各自が携行降下出来た兵器は拳銃と手榴弾程度。それより長い兵器は兵器梱包で別に投下するしかなかった

降下した落下傘兵は、投下された兵器梱包を開き、敵前で各自武装を整える

全武装を終え戦闘隊形を組んで攻撃に移る落下傘兵。手前に重機銃、奥に軽機銃が見える

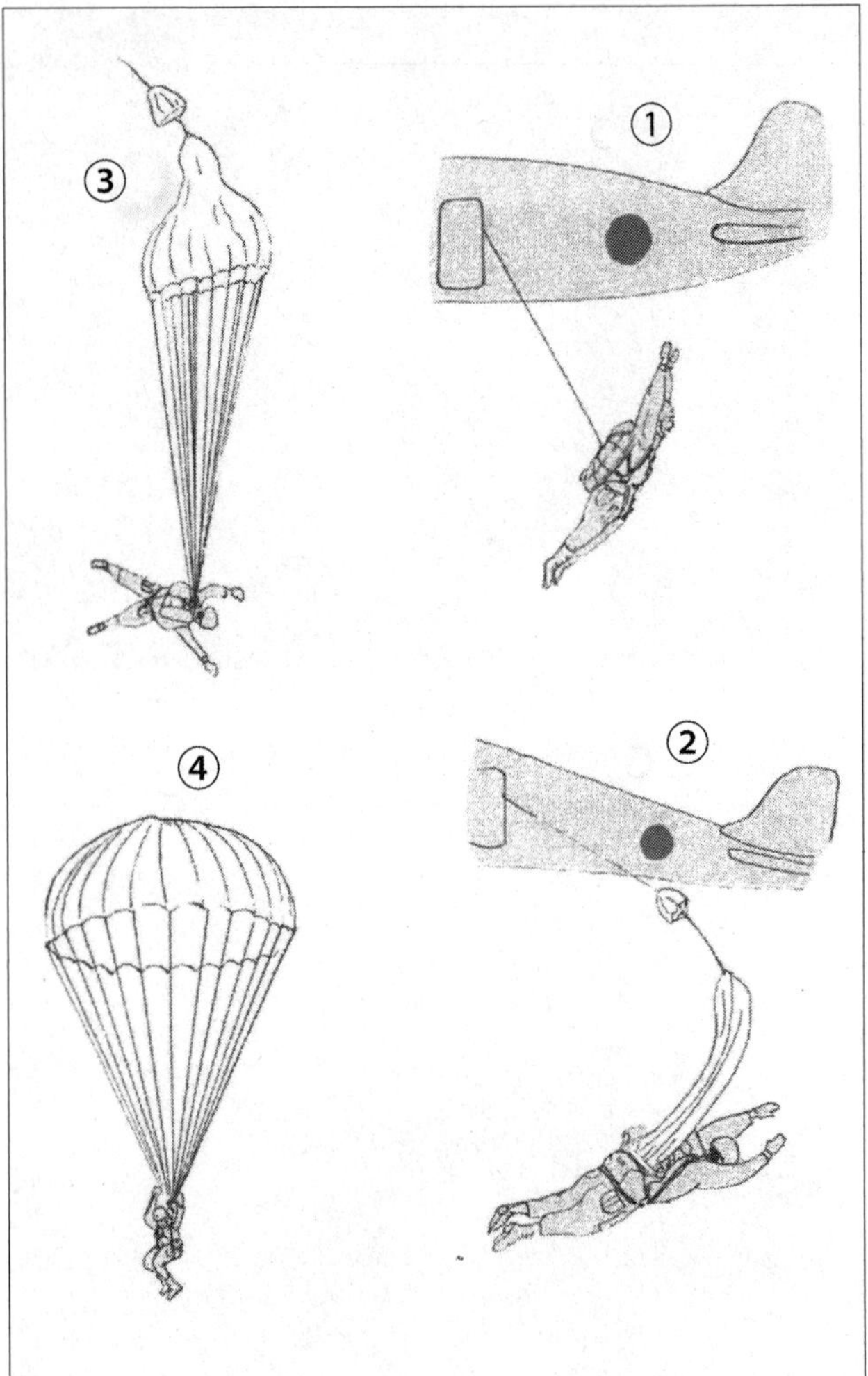

落下傘降下開傘順序（作図・高橋昇）

上：鉄帽、降下服姿で整列する落下傘兵。小銃弾75発を収納したキャンバス製弾帯を2本たすき掛けにしている

左：横須賀鎮守府第一特別陸戦隊の隊長・堀内豊秋中佐。降下服に鉄帽を着用している

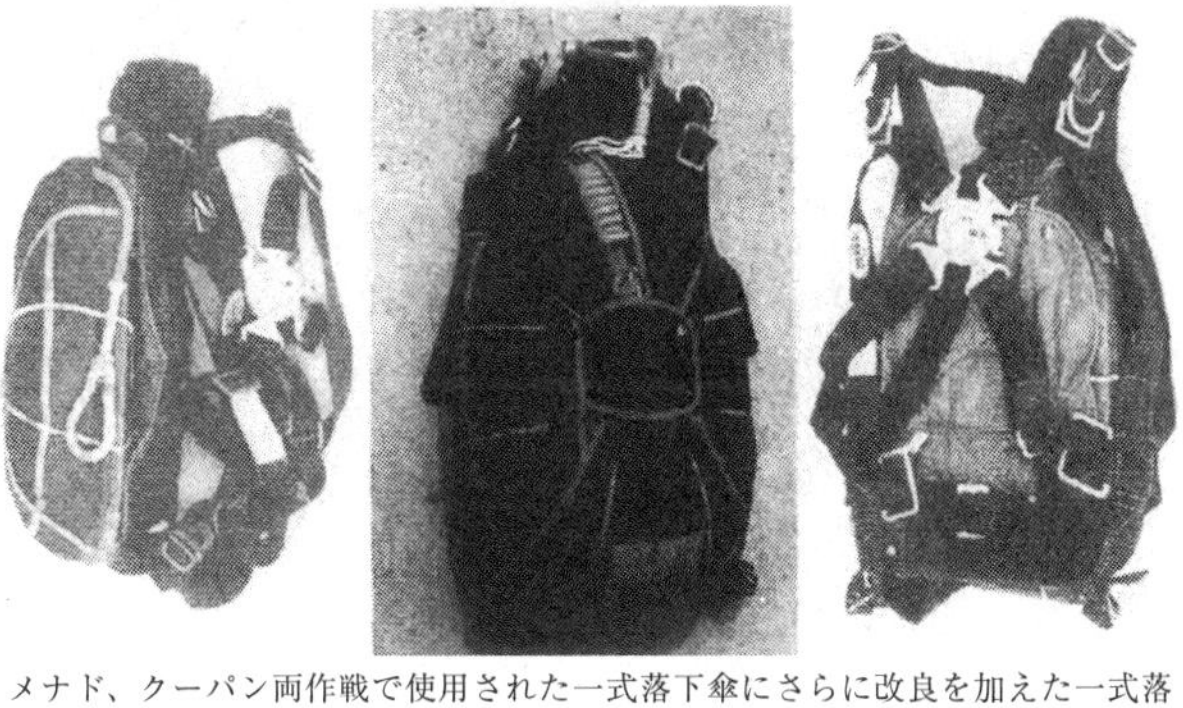

メナド、クーパン両作戦で使用された一式落下傘にさらに改良を加えた一式落下傘特型。絹製の袋に傘体と吊索を入れ、さらに収納袋に収める内嚢式を採用、不開傘事故は皆無になった

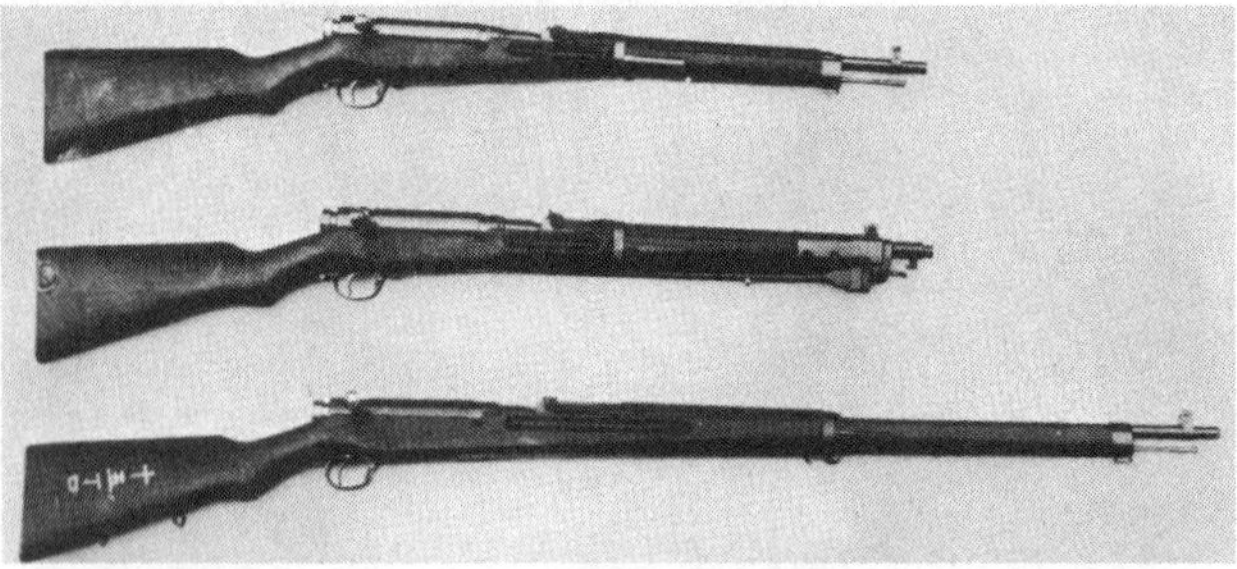

落下傘部隊では歩兵銃より銃身の短い騎兵銃を使用した。上：三八式騎兵銃、中：折り畳み銃剣を備えた改良型の四四式騎兵銃、下：母体となった三八式歩兵銃

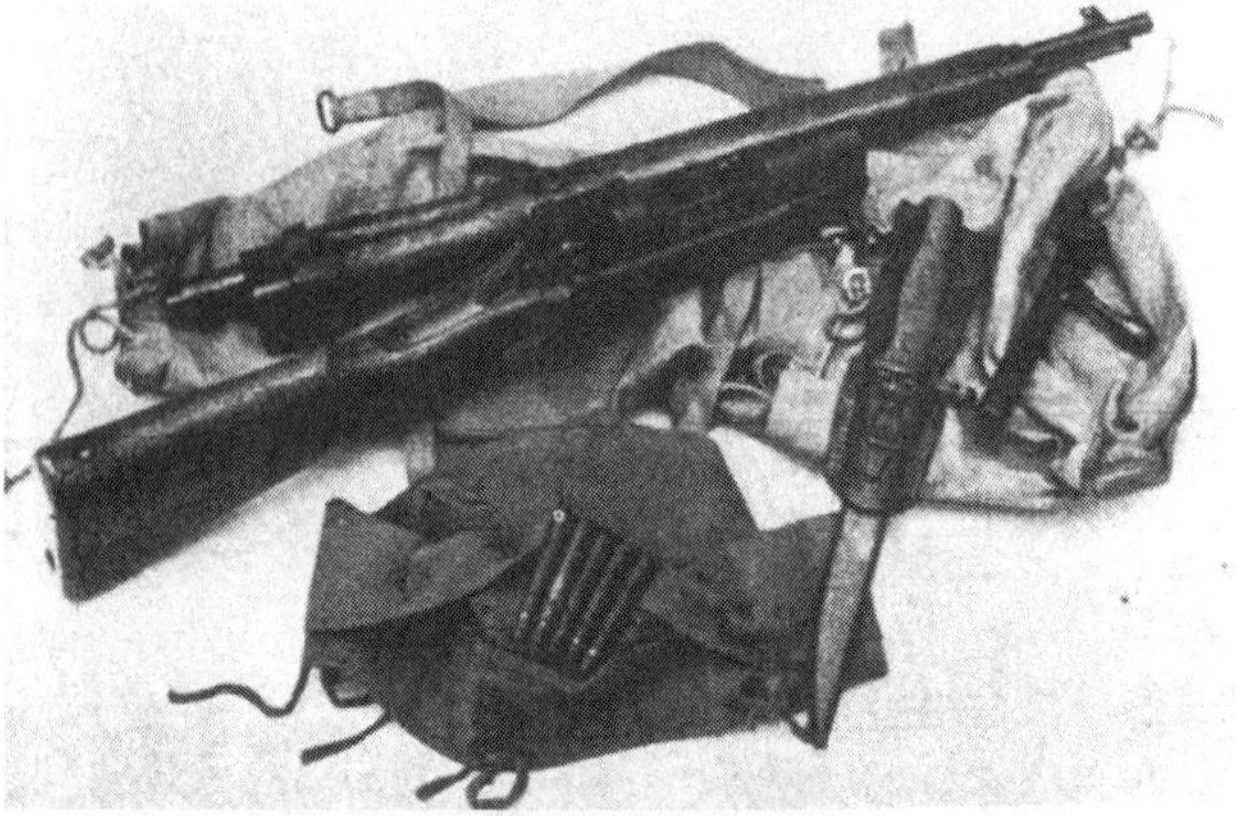

分解した状態の二式小銃と弾薬、銃剣。二式小銃は、三八式歩兵銃の後継の九九式短小銃を落下傘部隊用に二つに分割できるようにしたもの

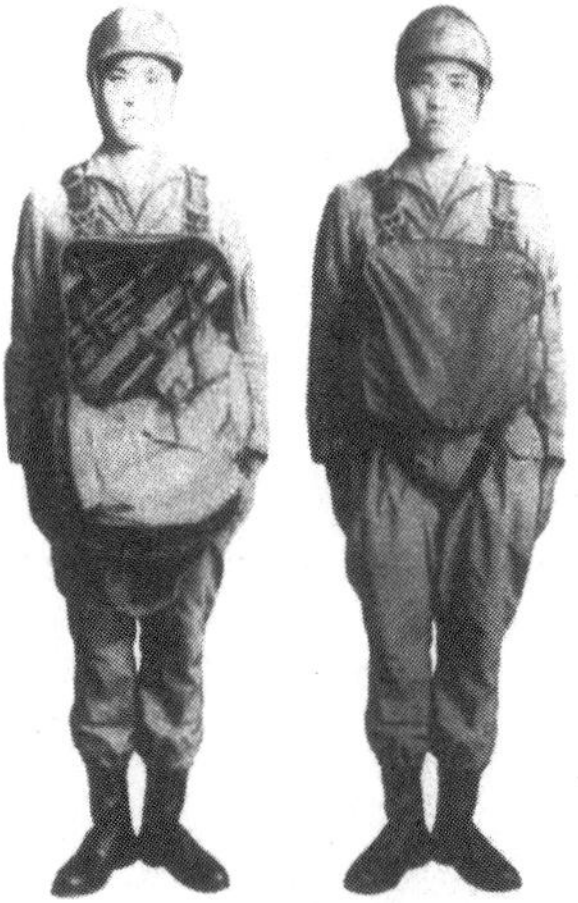

上：落下傘部隊が装備した百式短機銃

左：落下傘兵の胸部に装着した兵器格納袋。中には折りたたんだ機銃等を収納できる。写真では百式短機銃を収納している

九二式重機銃2挺を有した落下傘部隊の機銃小隊。各隊員は三八式騎兵銃を携行

多数の収納ポケットのついた降下服と、降下靴と称したゴム裏の革製半長靴を身に着けた落下傘部隊員

37ミリ速射砲を装備した落下傘部隊本部直轄の速射砲小隊。鉄帽と弾帯を着け、通常の陸戦服装。前列の数名の兵員は、砲を曳くための帯を肩にかけている

メナド作戦時の兵曹長の降下服装

降下服の上に救命胴衣を着けた
落下傘部隊員

メナド降下作戦時、部隊長の訓示を聞く落下傘部隊員

上：陸戦服姿の落下傘兵。それぞれ九四式拳銃嚢(ホルスター)と銃剣を装備している。後列右端の隊員はラッパ手

右：降下服に巻脚絆、鉄帽、弾帯を身に着けた落下傘兵。銃剣を着けた三八式騎兵銃を持っている

上：TB-3爆撃機改造のANT-6輸送機から降下するソ連軍の落下傘部隊。ソ連は早くから落下傘部隊の育成を行なっていた

左：ドイツ軍の落下傘部隊(空軍に所属、日本では「降下猟兵」の訳語で知られる)。第二次大戦初期の華々しい活躍が、日本での落下傘部隊編成の契機となった

海軍落下傘部隊——目次

海軍落下傘部隊

極秘陸戦隊「海の神兵」の闘い

第一章　研究時代

テストパラシューター秘密募集

昭和十五年（一九四〇）。日本は、いつやむとも知れぬ、日華事変の渦中にあった。その戦火消えやらぬ間に、すぐる年には、米国の通商条約廃棄《はいき》通告、九ヵ国条約廃棄などと、太平洋を隔てて、日米の間には、ただならぬ風雲が漂っていた。

これに備えてか、日本海軍では、旧型艦と小型艦艇をもって編成された支那方面艦隊が、中国大陸全沿岸にわたる海上封鎖作戦を行なって、日華事変の処理に当たる一方、最精鋭の艦艇と人員を擁する連合艦隊が、太平洋上にいわゆる、月月火水木金金の猛訓練を展開し、もって一触即発、準備おさおさ怠りなしの体制を整えていた。

こうした時局の反映は、海軍の教育部隊にも、そのまま峻厳《しゅんげん》な教育、訓練となって現われ、またこれを受ける、被教育者の意気込みも、これに応えるべく、十分なものがあった。

楠ガ浦の、横須賀海軍砲術学校は、第一線の連合艦隊をはじめ、日本海軍のすべての艦艇に、砲術の専門技術官を送るべく、しかも、大艦巨砲主義をとるこの時代においては、教育部隊中の重鎮であり、海軍砲術の総元締めとして、伝統を誇る唯一の学校であった。

また一方、軍紀《ぐんき》風紀の風が吹くというこの学校は、名実ともに軍紀教育の総帥《そうすい》でもあった。

ある日、練習生教程を経て、卒業期を間近に控えたこの学校の、若い教員、砲術練習生に対し、ひそかに教官から、変わった質問が発せられていた。

「もし、日本海軍のためにどうしても必要であり、またそれが要求されてきた場合、洋傘を持って、この校舎の二階のてっぺんから、飛び降りる元気があるか」と。

なんのために、こんな質問が出されているのかわからなかったが、盟邦ドイツの電撃作戦に重要な役割を果たし、いま時代の花と謳われている落下傘部隊のことが、ピンと連想されるものがあった。

「日本のためなら、喜んで飛び降ります」

「事あらばわれこそは……」

と気負いたつ純情可憐な若人たちは、それぞれの感懐をこめて元気にこう答えるのであった。

日華事変の戦火消えやらぬ中に、紅顔の練習生の胸にも、そぞろ日米の風雲ただならぬものが感じられたのである。

卒業式のロングサイン（螢の光）の奏でる哀愁の旋律《メロディ》にも、何か新たなる決意を迫られる。緊張したあわただしい空気の中に、昭和十五年もまさに暮れかけていた。

追浜《おっぱま》にある横須賀海軍航空隊は、砲術の横須賀海軍砲術学校に対し、日本海軍航空の大元締めとも称する存在である。

艦攻、艦爆、戦闘機、陸攻、水上機など、日本海軍の各機種を揃え、それにわれこそは日本海軍第一と自負《じふ》する名パイロットの天狗《てんぐ》連を擁して、ここで連日、日本海軍航空の最高の技術訓練と研究が、激しくくり返されていた。

この航空隊の兵舎に、飛行機どころか、砲術のマークを付けた、二十名ばかりの下士官の一団が、いつとはなしに居住するようになった。

隊員の誰にたずねても、何者であるかわからない。だがこの一団は、なかなか元気がよくて、言語動作きわめて厳正活発である。

「あれは一体なんだろう?」

不思議な存在として、次第に航空隊員の噂の種となっていった。

毎年十一月になると、定例の人事異動が発令されて、軍刀を携えた士官、衣嚢《いのう》を担いだ下士官兵が、あわただしく任地の間を往来する。

各人各様に、悲喜交々《ひきこもごも》の移動でもあろう。金をためると命が惜しくなる。誰それは千両箱を抱えたとたんに、華南で戦死してしまった。どのみち金は武人には仇をする。こんな気持が、気質《かたぎ》が、とくにチョンガーの士官の中に流れていた。

ワイシャツも一枚そこそこで、あとはみな飲んでしまう不心得者——もっとも飲む方では、そうは思わない。いつも裸一貫であれば、いつ死んでも惜しくないと思って飲んでいたであろう——にとっては、この異動は、まったく有り難いものだ。この転勤旅費で、飲み屋の借りが払えるし、ワイシャツの一枚も買えることになる。ところが、ブイ・ツー・ブイというのがある。自分の転勤辞令を開いてみたら、新しい行き先は、すぐ隣の鼻先に碇泊《ていはく》している艦《ふね》だったという場合だ。

こうなると、左利《き》きにとっては、まさに一大事、当てにしていた飲み屋の勘定も払えなくなる。他から借りて払わなければならないという、悲しいことになってしまう。

私は、十五年はまるまると、支那方面艦隊の北遣支艇隊所属、水雷艇雉《きじ》の航海長として、主として渤海湾《ぼっかいわん》で封鎖作戦に従事した。

封鎖作戦といっても、海上は我々の一方的な勝利で、まさに敵影だになく、海賊の乗っているジャンクを追って、これを臨検《りんけん》したり、陸軍の山東半島討匪行《とうひこう》に呼応して、陸上に艦砲をぶち込んだり、まったくのんびりした行動で、ただ氷の中の渤海湾でガブられたことや、たまに上陸して見た中国の光景などが、懐かしく思い出されるのである。

私も渤海湾で、横須賀鎮守府付（戦地勤務者は一応こうして軍港に呼び戻し、ここでさらに新しい転勤先が発令される、というやり方が多く用いられていた）の辞令電報を受けとって、転勤者の列に加わった。

私の場合は、ブイ・ツー・ブイの正反対、満州（現中国東北地方）経由の、楽しい大旅行で、これ以上何をかいわんやというところだ。

由来、飛行機にまわされる士官は、その前の一年は、小艦艇に勤務させられるのが大部分だった関係上、私も飛行機志望と出してあったので、同期生で飛行機に採られるものは、すでに一年前に採られてしまったところだが、その補充か何かだろうと、飛行機乗りの夢を楽しく描きながら、ひとまず横須賀の水交社に落ち着いた。

ところが、横須賀鎮守府第一特別陸戦隊付の辞令を受けとって、今度は、同僚に先がけてうまくいくと一手柄たてられるぞと、内心喜びつつ、横須賀軍港の軍艦春日《かすが》に勢揃い中の、竹下部隊（上海戦で、白襷《しろだすき》部隊として、勇名をうたわれていた）に赴任した。

しかし数日後、横須賀海軍航空隊付の辞令の変更を受けた。

やはり、飛行機乗りかと、またまたはじめの夢を思い返してみた。

竹下部隊の浦部副官（のち海軍総隊参謀、海軍陸戦の最高権威者）が、私のところに来て、小さな声で私の耳許に、ひょっとしたらあれかもしれないぞと語ってくれた。

「あれとは何ですか？」

「士官の中からテストパラシューターを一人、物色中との話を聞いているが、君がそれかもしれない。横須賀航空隊には無鉄砲な奴が多いから、気をつけてやってくれ」

温情のこもった声で、激励してくれた。

こうして、私が追浜の航空隊の門を潜ったのは、すでに師走のあわただしい声を聞く頃であった。

さっそく、当直将校に着任の挨拶を述べたが、貴殿の着任のことは何も聞いていないとのことで、一向に要領を得ず、キツネにつまれたような気持であった。

そこで、直接副長に取り次いでもらい、副長の案内で、司令室へ赴いた。

「やあご苦労さま。君に大事な話があるから、もっと傍へ寄り給え」

「君は、チョンガーだね」

「はい」

「両親は、それから、扶養家族は？」

「両親は健在です。私は長男ですが、海軍に入るときから、すでに私を当てにしておりませんし、扶養家族もなく、後顧《こうこ》の憂《うれ》いはまったくありません」

こんな問答ののち、司令は、落下傘降下実験に関する秘密海軍大臣命令を、私に見せてくれた。

「実は、パイロットの中から選ぼうかとの話もあったのだが、結局、若い士官の中から新たに採用した方がいいということになって、君にひとつ、テストパラシューターをやってもらうことになったのだ。まことにご苦労なことだが、大いに頑張ってくれ給え」

私の親爺の年配ぐらいだろう横須賀航空隊司令、上野《うわの》敬三《けいぞう》大佐の温顔が、一種の緊張した空気の中に、私を見つめていた。

「はい、生命をかけて頑張ります」

嫌も応もない、命令とあれば致し方ない。

この十一月の十五日、新しい中尉の襟章を着け変えたばかりの私は、こうして天狗揃いの名パイロット連を排して、テストパラシューター指揮官の役を有り難く頂戴してしまった。

この件は、当分の間、隊内でも秘密にしておくように注意された。すでに、砲術学校の教員、練習生の中から選抜されて、下士官兵のテストパラシューターが着任しているとのことだった。

例の噂の一団こそは、奇しくも私と同じ運命の下に置かれるようになった、砲術学校の洋傘組から厳選された、元気者の集まりだったのである。

横須賀海軍砲術学校教官付、川島兵曹長。同校教員、高橋、上原兵曹以下五名。同教員助手、段一水ほか八名。各鎮守府海兵団から選択された下士官、水兵十一名。合計私とともに二十六名。

かくして、東京湾の波静かに押しよせる湘南《しょうなん》――追浜の一隅に、航空隊員の謎の注視のうちに、コッソリと人目を忍んで、日本海軍落下傘部隊の基礎員が勢揃いしたのであった。

この中には、練習生の卒業成績が（首席に近い者が多かった）他のものにくらべ、余りよくないからとの理由で、選から漏れそうになったのを、一日中教官のところに坐り込んで、やっとのことで選ばれて来たという純情可憐《かれん》なものもいた。

私は、楽しい飛行機乗りの夢を、吹き飛ばさなければならなかった。

誰もやらないテストパラシューターとは、えらいものを、引き受けてしまったものだ。だが、嫌な気持は起こらなかった。

緊迫した胸の中にもまた、重大任務拝命への感謝と喜びとがあふれてくるのを禁じ得ない十代、二十代の若人たちであった。

楽しいもの——それは青春であった。

秘密海軍大臣命令

『部内部外に秘密を保ちつつ、落下傘降下法、兵器携行降下法、およびこれに関連する落下傘、兵器、需品等、落下傘部隊編成上必要な基礎実験を昭和十六年三月上旬までに至急完成し、その資料を提出すべし』

これが、海軍大臣命令の内容の概略であった。そしてこの実験は、一〇〇一号実験研究と呼称する、と書かれてあった。

すぐに上野航空隊司令を委員長とする委員会が組織され、我々二十六名をテストパラシューターとして、実験に着手すべく準備がはじまった。この委員は、海軍省、航空本部、艦政本部、軍務局、軍需局、軍令部、航空隊、砲術学校、航空技術廠などあらゆる分野から選出任命されていた。

横須賀海軍航空隊で、第一回委員総会が開催されたのは、十二月上旬、あわただしい年末の空気が漂っている頃だった。

重油資源の乏しい日本が戦争に突入した場合、海軍が行動できる燃料の貯蔵は、一年分ぐらいのもので、従って海軍の作戦を続行するためには、落下傘部隊をもって、まずボルネオのタラカン油田を確保させる必要がある。

グアム島の占領には、落下傘部隊を敵の背後に降下させなければ、正面からの攻撃だけでは成功困難だろう……。

こんないろいろの話が、私の耳に入ったが、作戦用兵のことは、下級士官の私ごときにわかるはずもなく、またどうでもよかった。

来年三月の連合艦隊演習に呼応して、大島に降下させてみたいので、それまでになんとか研究を完了させておかねばならないような話だった。

この研究会には、落下傘で危うく命拾いをした経験のある数名の航空機搭乗員が、地方の航空隊から、わざわざ招かれて、席に加わっていた。

研究会も型どおり進み、いろいろの議題が討論されたが、結局最後に落下傘降下に関することに、興味深く真剣に意見が集中し、激論が交わされていった。

その要点は、次のようなものだった。
一、現用落下傘の開傘率《かいさんりつ》は、今のところ残念ながら一〇〇パーセントではない。
二、開傘にいたる間に、人間が失神するおそれがあること。人間が失神しない限界は、三倍ないし五倍のGであるが、計算によると、落下傘では、六倍ないし十倍のGがかかることになる。（Gとは地球の重力の略符である。飛行機が急降下から引き起こすときなどは、逆に加速度がつくので、四Gから七Gぐらいの力が作用し、六〇キロの体重の人は、二四〇キロないし四二〇キロぐらいの重さとなる）
三、降下着地、骨折捻挫《ねんざ》などの恐れがあり、これに適応した身体を、いかにして急速に完成させるか、など。
この時までに私に渡されていた参考資料は、ソ連の落下傘降下に関する翻訳書がたった一冊だけだった。これも常識論が大部分で、すでに私は数回も反復熟読してきたが、さし当たりの懸案を解決すべき、何らの手がかりも見いだせなかった。ただ、外国でもやっているのだから、やってできないことはなかろうという程度の考えしか出てこなかった。

ドイツの方法を学びたくとも、欧州の戦火に阻《はば》まれ、一方、実験日程の急迫はこれを許さなかった。

搭乗員の話を総合すると、開いた時の衝撃も、空中での失神もあまり心配する必要はないだろうとの意見が一部で、他の大部分は、夢中になっていたので、一向にわからないが、あるいは失神や骨折の心配もあるかもしれないとのことで、正気の中で、意識して降下することになると、一向にまとまった意見は出てこなかった。

砲術学校の体育科長の鬼塚武二中佐が、空中で開傘するときの衝撃はきわめて大きいから、体操は時間をかけて、十分やらなければならないことを力説した。

私の隣に坐っていた航空隊の士官が、私の膝を軽く突っついて、ニヤッと笑いながら、

「体操屋の奴、手前味噌ばかり列べていやがる、そんなに心配しなくてもいいよ」

と、私を慰めてくれた。

とにかく、一回人間が降下してみなければ、話にならない——ということが、具体的な最終の結論であった。

委員長の上野航空隊司令が立ち上がり、私の方を見ながら
「山辺君、君たちの命は僕が保証するから、絶対安心しておってもらいたい。現用落下傘の開傘率は、残念ながら一〇〇パーセントではない。そこで、まず明日から人形を百個投下し、その上で君たちに降下してもらう」と。

この発言は、満場一致で拍手のうちに可決された。

明日の降下を覚悟して、緊張し切っていた私の胸も、これでいささか楽になった。散会の時、地方から招かれた搭乗員が、私の傍に来て、肩をたたきながら、

「慎重に、大いに奮闘して下さい」

と心から送ってくれた慰問と激励の言葉が、この研究会で、もっとも力強くうれしく印象に残っていた。

同病相憐《あわれ》むとは、こういう時のことであろう。

開かぬ落下傘

私たち二十六名は、園田昇中佐を隊長とする第一飛行隊に所属し、檜貝襄治少佐（レンネル島沖航空戦で戦死）を分隊長とする中攻隊の分隊に編入され、訓練、起居

をともにすることになった。

降下実験に関しては、航空隊の実験主任である角田求士少佐の指示に従って、これに従事することになった。

同室の教官室に、高松宮殿下が勤務しておられることは、精神的に何か心強さが感じられて有り難かった。

司令や殿下が、夕方帰宅されるとき、当直将校以下番兵が全部乗用車の前に整列して、敬礼をしながら見送ることが、海軍の常識であり、慣習となっていたが、高松宮殿下は、こんなことが面倒くさくて嫌いなのか、帰途に自動車を待たせておいて、いつの間にかいなくなるので、しばしば当直将校が面くらっていた。

私たちは航空隊の整備員から、さっそく落下傘の折り畳みと整備法を教わった。真剣にやったので、数日中に容易にこれをマスターしてしまった。

他の士官から背広を借り、数名の下士官にこれを着せて（当時海軍の慣習として、下士官の背広の着用は禁止されていた）民間人を装い、私ほか五、六名で二子玉川にあった読売落下傘塔へ行って、落下傘に乗せてもらった。

私の意見としては、落下傘塔もあるに越したことはないが、訓練設備としてそれほど必須不可欠のものとも思われなかった。

思い切って飛行機から飛び出してしまう方が気が楽なようだ。――後日、数十回の降下の体験をしてからでも、デパートの屋上に立って直下を見下ろすときは、飛行機からするとくらべものにならないほど恐ろしいものだ。それは比較物があるためかもしれない――

秘密保持のため、降下実験は、航空隊員の起床前に終わらせてしまうこと、また腕のマークは砲術特技章で帽子のペンネントは横須賀海軍航空隊では不自然で外部の注意を引きやすいので、これをごまかすため、万一仕事の内容をたずねられた場合は、砲術学校から派遣されて、特殊の機上射撃を研究していることに口を合わせ、一方しばらく外出を禁止するなど、細心の注意を払った。また隊内では、私たちは研究員という名前で呼ばれた。

昼は轟々たる爆音でやかましい航空隊も、暁の眠りのうちは、ひっそりと、不気味なほど静まり返っている。そして、落下傘を担いで指揮所に運ぶ我々研究員の音だけが妙に耳に響いてくる。

下弦の月明かりを頼りに、人形に落下傘を装着し、それを飛行機に搭載し、投下準備を完成する。

こうして我々研究員が搭乗すると、たちまち暁闇《ぎょうあん》の静けさを破って、九〇式機上作業練習機のエンジンが唸りだす。

東の空がほのぼのと白みかける頃、我々は上空の飛行機の中から、飛行場目がけて人形を投下する。航空隊の隊員にも知られぬように、こうして開傘試験をくり返していった。

投下用の人形は、全重量六〇キロで、内部に鉛を入れてあるので、ズングリした格好で、ずいぶん重い。これに落下傘の重量一〇キロを加えると七〇キロになる。我々研究員は親愛の意をこめて、これをダミーと呼んでいた。

万一の場合、我々人間に代わって、大地にめりこんでくれる有り難いダミーさんである。次から次へと連続投下していかなければならないので、階級の区別なく、全員がこの七〇キロのダミーをかついで運ばなければ間に合わない。さらにこれを上空の狭い機内で動かすのは、かなりの重労働であった。

航空隊の起床ラッパが鳴りわたる頃、すでに投下試験を終えて兵舎で汗を拭い、しばし疲労をいやす。これが実験開始以来、我々研究員の朝食前の日課であった。

この頃の海軍飛行機に搭載されていた落下傘には、操縦者用と偵察者用との二種類があった。前者は操縦員が常時腰に装着して、操縦の時は腰掛けとなっているので、腰掛け式とも呼ばれる九七式落下傘である。後者は偵察員の機内作業を容易にするため、落下傘は身体に装着せず、別に機内の一定の場所に格納し、長さ約三メートルの一本の索で落下傘が偵察員の着けた落下傘バンドに連繫していて、事故の際は、この落下傘を手に持って機外に飛び出すので、別に手持ち式とも称せられる八九式落下傘である。

私たちはこれを応急的に背負い式に改造し、ダミーの背中に装着して投下するのである。

『ダミーよ、全部無事に開いてくれ』

これが、自らの降下を数日後に控えた私たち研究員の心の叫びであり、祈りでもあった。

だが期待に反して、開傘試験は順調には進まなかった。昨日も一つ今日も一つ、連日半開きのまま落ちて行く落下傘事故が続出した。そして、飛行場の固い土の中にめり込んで、ダミーは無残にも鉛の腹をはみ出している。これが人間だったら、毎日一人か二人ずつ死んで行かなければならない。そう思うと、この無残なダミーの姿もわがことのように眺められた。

我々は、このダミーをいたわるようにして土から掘り出し、土にまみれた落下傘の吊索《ちょうさく》を一本一本入念に手《た》ぐって事故の原因を調査し、一つ一つその対策を済ませて、翌日の投下実験に備えなければならなかった。

補助傘式（最初補助傘と称する小さな落下傘が飛び出し、これが風をはらんで主傘を開かせる方式。海軍の落下傘はみなこの補助傘式のものだった）落下傘では、補助傘が飛び出すや、人形の姿勢や飛行機のプロペラの後流などの都合で、連結索（人間と落下傘の根元をつないでいる数メートルの索）や、人形の突起にこれが巻きついて、肝心の主傘をひき出さなくなることが、十に一つぐらいの割合で起こり、そのために落下傘が半開きのまま墜落してしまう根本的な欠陥のあることがわかってきた。

そのために、極力人形《ダミー》にひっかかりのないような応急処置を加え、当面の我々人間降下に差し支えないように、毎日々々改良を加えていった。

こうして、半開きの不開傘事故は次第に減少していった。

落下傘降下および着陸に適応した身体の養成は、当面の私たちの降下にも必要であるばかりでなく、今後落下傘体操をどのようにするか、という重要な研究項目の一部門にも関連があるので、落下傘の研究に次いで、私たちは真剣な努力を払っていた。

砲術学校体育科から、毎日鬼塚課長（戦死）、湊、友永教員などがわざわざ出向いて来て、連続二時間以上にわたり私たちの体育指導に当たってくれた。

体育指導の主眼は、あくまで、落下傘降下および着陸に適応した身体を養うべく、関節の柔軟性、筋肉の強靱性、運動神経機能の巧緻性《こうちせい》の三つの機能の助成に置かれた。そしてこのために、デンマーク式体操（海軍体操はこの式）が採用され、主としてマットおよび跳び箱を使った転回運動と、連続一時間以上の柔軟性の効果を狙った徒手体操とが反復実施されていた。

これまで、これほど徹底して長時間にわたる体操などやったことのない私たちは、一週間目ぐらいから、身体中が痛みだし、中には血便が出るもの、便所でしゃがむのにかがめないものなどが出てきたが、万一落下傘事故でペシャンコになる思いよりは、この体操の方がよほど楽だと思っていたので、とくに苦痛とも感じなかったし、むしろ積極的にこれと取り組んだ。服装は、十二月中旬の寒中であったが、パンツ一枚だけの半裸体だった。それでも、体操開始十分後には、私たちの身体は汗でビッショリとなり、道場の板の床は、水を打ったように濡れてしまい、寒中に寒さを感じたことはなかった。

固まった身体の筋肉が伸び、関節が柔軟になってくるに従って、空中転回なども全員が自然に容易にできるようになり、身体の痛みも少しずつ減少して、このデンマーク式柔軟体操に次第に興味が持てるようになってきた。

落下傘体操の結論を出すのは、まだ早計に過ぎるし、私ごとき素人ではなくて専門家に委せなければならないが、体操に関して次のようなことを考えるようになった。

小学校、中学校および兵学校を通じ、私は今日まで約十五年間も体操をやってきているることになるが、体操は（スポーツは別）、私にはいちばん嫌なものの一つであり、苦手のものであった。

それが、このごろ好きになってきたのは、どういうわけであろうか。

落下傘降下という特殊任務がそうさせているのか、体操の種類が、またその指導のやり方がそうさせるのか？

あの人は運動神経が鈍い、この人は発達しているとかよくいうが、特殊の専門家や天才を除いて、そういうことが、先天的なもので生涯動かし得ない運命的なものなのか？　否、断じてそうではない。体力の基礎もできていない人に、いきなり跳び箱を飛ばせたり空中転回をさせた場合、この人はやり損なって痛い思いをするか、怪我をするであろう。そして体操は一生嫌いになってしまうかもしれない。その人をも、運動神経が鈍いと本質的に決めてしまうことができるだろうか。

体操をやろうとする人が、その熱意のある限り、科学的な指導方法をもってすれば、誰でもある程度の域にまでは到達し得るのではないか。

体操は、選手教育の弊《へい》を捨てて、もっと普遍性のある、誰にも親しめるものにしなければならない。そして、方法はある。

私たちのこれからの落下傘体操のあり方も、そうでなくてはならない。効果のみを急いで、手段が適当でないならば、いたずらに嫌悪《けんお》の念と恐怖心を抱かせるだけだ。私はここで、素人の体操講義をしたいわけではないが、落下傘降下においても同じことが言えるのではないかと、体操を通して感ずるようになった。とくに軍隊という集団力教育にあっては、注意しなければならないことであると内心考えるようになった。

さて、二十数個の限られた落下傘で毎日投下をくり返すので、落下傘の破損が多くなり、これの補充に時間をさかなければならなくなった。

落下傘の折り畳みは、三人が一組になって一つの落下傘に当たるのだが、この一つの落下折り畳みに、四十五分ないし一時間を要する。従って翌日の投下に備えるため、二十数個を折り畳んでしまうのに数時間を要する。また、半開きの事故の原因を、私たち研究員が全知全能を出し合って究明し、かつ対策をしなければならない。実験主任の角田少佐以外には、こと落下傘に関しては誰にも相談すべくもない実験であった。

不開傘の事故を目撃するのは、いかにダミーとはいえ嫌なものだった。そして何か憂うつな気持があとまで私たちの心をとらえていた。

こうして私たちが一日の仕事を終える頃は、大体夜の八時を過ぎていた。肉体的にも、また一部では精神的にも、疲れてきているようだった。

私たちは互いに激励し合いながら、ありったけの気力、体力そして知恵を発揮して、ひたすら落下傘と取り組んだ。

『我々の手で一〇〇パーセント開かせてみせる』

研究員はみな心の中でこう誓った。

『どうか開いてくれ』

すべてを忘れて、ただこれだけ、ジットリと湿った飛行場の枯れた叢《くさむら》の中で、暁に祈る研究員の健気な姿が、澄みきった黎明の大気の中に、強く私の心に焼きつけられていった。

こうして研究員の真剣な努力、中攻隊員の温かい協力などによって、開傘率もなんとか九九パーセントぐらいのところまでたどりついた。ダミー投下約八十五回ごろであった。

来春三月上旬までには、実験を完成させなければならない。

落下傘部隊専用の落下傘を、別途に発案製作しなければならないが、それにつけても人間が降下してみなければ解決はつかないだろう。この辺でダミー投下を中止して、私たち研究員が降下すべく決心し、委員会の決定をみた。

昭和十五年も、あとわずか二日だけとなっていた。

最初のテスト降下

搭乗員の誰もが嫌がって尻込みしている落下傘降下の気持とは、一体どんなものであろうか。奈落《ならく》の底に落ちて、はっとわれに還る夢――あれであろうか。

空中で失神するかもしれない。また開いた時の衝撃で、首の骨がどうなるかもしれない――誰かが私たちの耳に入れたこんな話を思い出すとつい不快になる。まさか、おめおめと気を失ってたまるものか。

不覚という言葉がある。平素いかに鍛錬を積んだ人でも、何かことを決行する場合、その瞬間の充実した気合が出てこないならば、それは駄目になって、平素の鍛錬も役に立たなくなってしまう。その瞬間の充実した気合、これこそが大事を決行する土壇場に絶対必要なものだ。

これは、上野航空隊司令が口癖のように私たちに訓示してくれた。司令の体験よりする教訓である。

私も降下を明日に控えて、なるほどと感心した。そしてこれができないものを、古来不覚をとるといったのではないかと、不覚という言葉をしみじみと考えてみた。どうしたら不覚をとらないで済むか。それにはどんな苦しいこと、嫌なことでも、じっと忍ぶより致し方がないだろう。鍛錬というものは苦しいものだ。だがその苦しい一つ一つを忍んでこそ、はじめて鍛錬の鍛錬たるゆえんが成り立つのだ。

忍術というものがある。両手を合わせて、ドロンと呪文《じゅもん》をとなえると、煙となって姿が消えてしまう。これは子供の時の忍術のことであって、まさか人間が消える筈はない。いわゆる忍術使いは身体の極度の鍛錬によって、猿のように天井に飛び上がりトカゲのようにこれに張り着くことができる。そして敵が侵入して来た場合に、唐がらしかなにかで目つぶしを食わせる。その間に、世界最高記録以上のスピードで外へ逃げだす。これならばドロンの話も納得できるし、人間としての可能性は認められる。

話は余談にそれたが、要するに忍術というものは、鍛錬の極致の代名詞のような気がするし、鍛錬とは一つ一つ忍ぶことなりとすれば、忍術という言葉の由来もそんなところから来ているのだろうか。そして、この忍ぶことすなわち不覚をとらないこと――こう考えてくると、忍術、鍛錬、不覚をとらないこと、忍という四つのことがおのおの関連性のある大事なもののように感じられてならない。

明日の降下を控えて、こんな一人合点のくだらないことをそれからそれへと考えていた。私たちが、これまで鍛錬してきた努力が明日はいよいよ実を結ぶのだ。残された艱難《かんなん》は不覚をとらないことと、そのために忍ぶことだ。この忍の一字が、私の明日の降下の心構えに対する終局の結論であった。

私という人間は、一生懸命になってこんなことを考えざるを得なかったのだ。そしてあとは、心の一切《いっさい》空ならんことを願い、かつ努めた。

（落下傘降下の前夜の気持は、どんなものですか、私はしばしば質問される時がある。だがその気持は、降下回数に従って異なってくる。数回目以後は、落下傘降下は日常茶飯事とあまり変わらなくなり、降下前夜の気持などといわれてもおかしくなる。そこで不安な落下傘をもって最初のテスト降下前夜の、私の率直な心境を述べて質問の答えとしたい。ただし、これも個人々々によって、千差万別であるかもしれないことを、あらかじめ付け加えておきたい）

飛行機と異なって、落下傘では飛び出したが最後、完全に天委《まか》せの一本勝負、ただ人事をつくして天命を待つのみだ

私たちは、準備のでき上がった落下傘に御神酒《おみき》を供え、天候の平穏と無事降下を

祈った。

就寝間際にあらためて自分の落下傘を点検している者もある。畳み方に間違いがなかったかどうか不安なのだろう。

だが、明日あるを覚悟の私たち研究員は、昼間の疲れも手伝ってか、深い眠りに落ちていった。


明くれば昭和十六年（一九四一）一月十六日未明。

天候、快晴にして微風。一月としてはまさに恵まれた絶好の降下日和《びより》。幸先よしと私たちは早朝から元気づけられた。

帝国海軍落下傘部隊最初の降下を決行するため、私はただ一人で九〇式機上作業練習機に乗り込んだ。私たち研究員の士気を昂揚するため、操縦者は、日華事変中、敵の南昌《なんしょう》飛行場に強行着陸し、焼き打ちしてきた勇士小川正一大尉（ミッドウェー海戦で戦死）が、はるばる九州の航空隊からはせ参じて、いま操縦桿を握っている。

飛行機が旋回するごとに、おりから水平線に顔を出した太陽と、その光を受けて美しくそびえ立っている雪をいただいた富士山の崇高な姿が私の目に入る。この温かそうな太陽を目がけて飛び出したいなあという気持が、一瞬ふと私の胸をかすめてとおり過ぎる。そのあとは、なんの雑念も起こらない空に似た気持に帰った。

飛行場に目を転ずれば、指揮所前は見学者の列である。横須賀鎮守府司令長官以下、高位高官列席の晴れの舞台である。

飛行機は緩《ゆる》やかに大きく誘導コースを一旋回する。

私の背には、偵察用手持ち式落下傘（八九式）が、三つひねり小索（凧糸《たこいと》）で縛止《ばくし》されて、応急的に背負い式となって装着されている。

まもなく飛行機は、誘導コースの一周を終え、富士山を背に陸上から海上に向けて定針した。前方に飛行場が見える。機速はしぼれるだけ絞って八〇ノット。高度、三五〇メートル。小川大尉に激励されて、私は降下口に立った。降下の時機は小川大尉が示し、これを、同乗の川島兵曹長が、白の手旗を私の顔の前で握って伝えることになっている。狭い飛び出し口は、私自身の半身ぐらいの高さである。脚を屈し、両手で機体の把柄《はへい》を握り、身体をぐっと機外に乗り出す。これで私が手さえ離せば否応なしに飛行機から私の身体がもぎ取られて、下界に墜ちて行くのだ。下界が私を吸い込むのではないかといった格好にも感じられた。乗り出した身体に一月の寒風が当たり、頬がピリピリと軽くけいれんして痛い。冷えきった風圧が鼻の中に入って、呼吸がグッと止まりそうだ。

飛行場のエンドが来た。中央が来た。舗装した固い滑走路の直上だ。手旗の真っ白い色が私の横目に映ずる。『降下せよ』の信号。

重苦しいような無我の一瞬。

身体が急に軽くなった感じだった。無我の中に手を放し、私の身体が機体を離れたのだ。飛行場の大地が私をめがけてグングン持ち上がってくる。チラッと白いものが私の斜め上方へかすめた。

——一、二、三、四、私は、一秒間隔に心の中で時を数えた。

ガクン！　突然、なにかに支えられ周囲を見た。磐石《ばんじゃく》の大天井に、ガッチリと抱かれた感じだ。落下傘が開いたのだ。

私は吊索《ちょうさく》を五、六本束にしてつかみ、引っ張ってみた。落下傘は微動だにしない。私が吊索を伝ってよじ登って行けば、落下傘の頂上に行けるだろう。そんなガッチリした感じを受ける落下傘に、私の身体が支えられているのだ。

突然うれしさがこみ上げてきた。なんだ、落下傘降下なんてこんなものか。案ずるより産むが易いとはこのことだ。

指揮所の方を見ると、手をたたいている。

『ショックなし、安心せよ』

私は指揮所に向けて、ただちに手旗信号を送った。首の骨が折れるかも知れないなどとおどかされたこともあるくらい、開傘時の衝撃が一番心配されていたからだ。

私の方へ走って来る地上の一群が、せり上がって来る。下は滑走路を外れて叢《くさむら》だ。地面に近い。降下速度が急に大きくなった感じだ。あっという間に大地に着地した。瞬間、私は転がっていた。開いた喜びで着地の方は忘れ勝ちだった。怪我もなくかろうじて不覚をとらずに済んだが、着地に対する心の不覚は私だけが知っていた。

迎えの自動車で、指揮所に駆けつけて報告を済ませた。研究員が、ホッとした顔付きで私を取り巻いた。

「隊長、よかったですね。降下姿勢もよかったですよ」

「有り難う」

私は心から礼をいった。

降下中の感触は、爽《さわや》かで快かった。人間が大地に吸い込まれて行くのではなく、大地が人間に近づいて来る感じだった。

開傘時の衝撃は、七Gぐらいだったろう。七Gという衝撃は私の体験したとおり、大したショックではない。瞬間のGでは、十倍ぐらいまでなら失神しないと、あとで理論づけられている。

だがこういう理論は、私たちの初降下前になされてこそ有り難みがあるというものだ。中途半端な学問や理論では、私たち実施者側を安心させることができないことが多い。いわば机上の空論だ。

私の降下に引き続き、研究員二十五名の降下を予定どおり決行することにした（私が不開傘事故でペシャンコになった場合は、一応取りやめることになっていた）。

降下順序は、川島兵曹長、高橋、上原、小田一曹、小松、椎名、槙二曹……の、先任順序。一航過一名あて降下。

私は降下合図の手旗を持って、折り返し同乗した。

私の手旗の合図で、研究員は飛行機から勇躍大地目がけて飛び出して行く。そのつど、私は飛び出し口に半身を乗り出して、その落下線をたどる。飛行機の真下に猛烈なスピードでスーッと下界に吸い込まれて行く。自分で降下するとわからないが、機上から見ると壮烈といった感を深くする。いじらしい姿だ。ぐっと感謝の念がこみ上げてくる。

『うまく開いてくれ』

私は、研究員の降下するたびごとに神に祈った。ありがたや、みな見事に開いて行った。

荒井一水が機体を蹴った。身体がぐんぐん大地に迫って行く。黒玉になったまま落ちて行く。荒井一水の身体が転倒し上向きとなって、下方の背中で補助傘を抑えたままだ。

一〇〇メートル！　一五〇メートル！

あッ、まだ開かない。私は機上で、脚をバタバタと踏みならした。

二〇〇メートル、まだ黒玉のまま墜ちて行く。

瞬間思わず目を閉じた。駄目かな。地上まであと五〇メートルほどか。そのときチラッと白い傘がなびき、パッと開いた。一秒……数える暇はなかった。そのまま着地。助かったかな。しかし上空ではわからない。心が痛む。それをぐっと押さえながら、飛行機の着陸ももどかしく研究員のところへ駆けつけた。

荒井一水が元気な顔でニコニコしている。ほっと一安心、私は手を合わせて拝みたい気持だ。

二五〇メートルほど、落下傘が開かず黒玉のまま落下し、大地直上で開いて、危うく命拾いをしたのであった。

海軍の現有落下傘そのままをもっての降下は、きわめて物騒千万《ぶっそうせんばん》なものであることがわかった。

海軍で目下使用中の落下傘は、これまでの私たちの研究成果にもとづいて、至急、改修が加えられつつあった。

かくて私たち二十六名による第一回降下実験は、無事終了したのである。研究員の顔には喜びの色が溢れ、意気当たるべからざるものがあった。

第二期研究員を迎える

第一回降下実験を無事終わった研究員は、引き続き操縦者用の九七式落下傘を使って、第二回目の降下を行なった。

飛び出す時の気持は、第一回にくらべてまったく楽なものだった。

この落下傘は、開いてから二点で人体が吊られるので、二点吊り落下傘とも呼び、第一回降下に使った八九式の一点吊りにくらべ、若干操縦性能はまさっていたが、開いてからの降下速度が早く、落下傘部隊用としてはこの点不適であった。

芦田一水は着地のおり舗装した滑走路に後頭部を打ちつけて、脳震盪《のうしんとう》を起こした。

開傘時の衝撃力を考慮しながら、徐々に機速を増していった。これにともない私たちの輸送機は、九〇式機上作業練習機をやめて、ダグラス輸送機と九六式陸上攻撃機が使われるようになった。

　一人ずつ飛び降りていては落下傘部隊降下の用をなさないので、集団降下の研究に入った。

　先に飛び出したものの自動曳索《えいさく》が、飛び出し口を横切って邪魔をし、これをいちいち払い除けて飛び出していかなければならない不便があった。私は毎日中攻に同乗してこれの対策に苦心し、数日かかってようやくこれを解決した。飛び出し口の反対側の胴体の天井に、飛び出し口より後方に至るまで、一本の丸棒を取り付けるだけだったが、こんな簡単なことでもやってみなければわからなかった。

　応急的に私たちの手で背負い式に改良して使っていた落下傘は、藤倉航空工業で本式に改修を加えてもらった。

　私たちがせっかく航空隊員の起床前に実験を終了させて、秘密保持に留意していた甲斐もなく、すでに隊内くまなくしれ渡ってしまった。それよりもさき、一番早く私たちの落下傘降下を知っていたのは、未明に起きて畑に行く追浜周辺の農民であることがわかった。

　こんなことと、私たちの作業が多くなってきているなどの事情から、昼間も堂々と実験を行なうことにした。

兵器の携行降下法の研究は、最初小銃を脚に装着したままやってみた。この方法では落下傘の開傘性能に悪影響を及ぼすことはなかったが、機内の行動が不自由であり、とくに集団降下のことを考えれば、これでは到底駄目だった。結局、胸部に携行するのが一番いいということになったが、従来の兵器では長過ぎるので、折り畳み式に改造してもらう必要があった。

かくて一応の基礎実験を終了し、今後集団降下の実験が必要となってきたために、新たに研究員を増員することになった。

横須賀海軍砲術学校普通科砲術練習生教程を終えたばかりの若い練習生の中から厳選されて、三十二名が二月二十二日に転勤して来た。

これと前後して各鎮守府海兵団から選抜されて、及川兵曹長、信号兵四、水兵二十九名が入隊して、合計六十六名の新鋭を加えるに至った。

これで私たち研究員は全部で九十二名と一躍増大したのである。そして最初からの研究員を第一期、新入のものを第二期研究員と呼ぶことにした。

第一期研究員を指導員として、第二期研究員は超スピードの猛訓練を受け、早くも入隊後二週間目から、単独降下訓練が開始された。

三月六日から九日にわたり、第一期研究員を先頭に第二期研究員全員の初降下を行ない、無事終了した。

三月二十五、六日。全員をもってはじめての集団降下訓練を実施した。

この訓練では、二点吊りの九七式落下傘を使用したが、開傘時の衝撃で、肩の筋肉と肩骨に負傷したもの四、五名を出した。

第一期研究員の小田一曹、第二期の秋田谷一水は、地上寸前にて開傘、生命には影響はなかったが、全治六ヵ月の脚部複雑骨折の重傷を負った。

第一期の島上水は、風に流されて、海上に降下したが、海上一〇メートルから落下傘バンドをはずして落下傘と分離して海中に飛び込み無事救助された。

このほか、全治一、二ヵ月を要する脚部骨折者五、六名を出してしまった。

地丸三水の殉職

昭和十六年三月二十七日。

実験研究最後の仕上げを行なうべく、茨城県鹿島海軍爆撃場に、第一期研究員二十六名をもって集団降下訓練が決行されることになった。

この日は前日から大雨で、当日の実験中止も懸念《けねん》されたが、日の出とともに雨もやみ、太陽の光が射し出した。地上風速も一五、六メートルから一〇メートル以下に落ち、どうにか落下傘降下も可能となった。あらかじめの通知で鹿島爆撃場には軍令部総長外多数の高官が参集することになっていた。計画変更になれば各部の予定にも響いて来るであろう。一時中止の話もあったが、我々研究員を乗せた九六式陸上攻撃機の編隊は、ついに横須賀航空隊飛行場を離陸して鹿島上空に針路を向けた。

雨上がりの断雲が、さっと猛烈な速さで眼前を通り過ぎる。悪気流に煽《あお》られて、機体は五、六メートル上がったり下がったりする。その度に重さ約一〇キロの落下傘を付けた不自由な身体が、機体にいやというほど吸い着けられ、まったく身体の動きが取れない。地球の引力の何倍かの力でやられるのだから、人間の力ではどうにもならない。

ちなみに落下傘が開く瞬間の、我々の受ける力は重力の大体六倍くらいで、多いときは十倍くらいになるが、瞬間であるので身体には応えない。しかし機体の中に強い力で人間を張り付けてしまう悪気流の悪戯《いたずら》には、人力をもって抗し難く、飛び出し口から離脱することも困難である。次の瞬間はさっと身体が浮き上がって機体から放り出されそうになる。我々降下員は座席の安全バンドをしっかりと身に装着した。

だが、幸いなるかな、鹿島上空に差しかかる頃は、気流も次第に落ち着き、機体の上下動もほとんどなくなってきた。

飛行機は鹿島爆撃場を大きく旋回して地上を観測する。先遣の地上作業隊が発煙筒を焚《た》いて風向、風速をしらせてくれる。煙は地面を這うように静かになびいている。

「風速最適」

私は機内の研究員に大声でしらせた。

「よし、やるぞ」

研究員は気合を入れて降下口に行き、降下準備を整えた。

この日私は高度一〇〇〇メートルから降下して、応急用落下傘を開いてみる特別実験を行なうことにしてあったので、研究員の集団降下をまず機上から指導することになっていた。一航過十名あての降下である。すでに練度を積んだ研究員は、降下のブザーとともにさっと機体を蹴って飛び出して行く。一つ、二つ、三つ。黒い人間の塊が大地に吸い込まれて行く。そしてチラッと白い布が見えた瞬間、パッと大輪の花をなして次々と開いて行く。そして雲の中を流れて行く。

一番年少の地丸三等水兵が、勇躍、機体を蹴った。これで全員降下完了である。私は降下口から身体を乗り出して、じっと地丸三水の落下線をたどる。

一、二、三、四……秒を心で数える。ちらっと白片が見えた。白片をなびかせて、地丸三水はなおも落下していく。私の全身は硬直した。
「開け！　地丸ーッ」

大声でどなった。あと、五〇メートル、三〇メートル、二〇メートルくらいか。

「あッ！　危ない」

私は瞬間瞑目《めいもく》した。大地の上に真っ白い落下傘が一杯に展《ひろ》がって地丸三水の身体の上にのしかかっている。

「やられた？」

だが機上からではわからない。重苦しいような重圧感が私の胸を圧迫する。多分やられたろう。だが生きているかもしれない。現実と希望のジレンマに心苦しい感じだ。まだ私の大事な実験が残っているのだ。

機は旋回しつつ、高度を一〇〇〇メートルに上げていく。断雲が私のすぐ眼前を猛烈な勢いで通り過ぎる。嫌な感じだ。晴れ間に出る。対象物がなくなって機はゆっくりと飛んでいるように見え、私の心も落ち着いてくる。

私は今日は、背中に一つとさらに胸に一つの、二つの落下傘を装着している。胸の落下傘は応急用落下傘と称し、背中の主傘と称する降下用落下傘が開かないとき、手動でこれを開くのである。私の実験は主傘が開いた直後の降下速度において、果たして応急用落下傘が完全に開くか否かをテストするにあった。

降下コースに入ったとき、偵察員が降下口までやって来て、

「山辺中尉、降下されますか」と聞いた。

「もちろん降りるさ」

変なことをいうものだと思いながら、私はそう答えた。降下取りやめの命令が、地上の指揮官上野司令から無線で出されていたのをその時は知らなかった。

降下のブザーとともに、私は断雲目がけて飛び出した。主傘が開いて身体が宙に浮いた。身体が大きく動揺する。雨上がりの一〇〇〇メートル上空は断雲が飛びかい、相当の悪気流だ。落下傘に吊られたまま私の身体は三〇メートルほど上下動する。スーッと下方に下がるときは、奈落の底に落ちて行くようなまったく嫌な気持だ。飛行機でもまれているのと変わりがない。こんなことははじめてだ。

鹿島灘が眼下に見える。残存の悪気流にあおられて、私の身体は水平方向に数百メートルも移動する。松並木の上空だ。次の瞬間はさっと流されて鹿島灘の海岸上空だ。荒波が磯に砕けているのが見える。嘔吐感がずっと胸にこみ上げてくる。落下傘で酔っ払うなんて、そんな間抜けな悠長《ゆうちょう》なことがあるものか。だが気流の悪戯だから

仕方がない。歯をくいしばって耐えた。

ベットリと生暖かい油汗が額に滲み、全身が汗でグッショリと漏れている。

私は気がついて応急落下傘の手動索を引き抜いた。ダラッと傘体が脚下にブラ下がっただけで風をはらまない。応急傘は役に立たないのだ。

開いてからの落下傘の降下速力は毎秒約六メートルである。一〇〇〇メートルの上空から地面に着くまでには、約二分四十秒ほどかかる。上空の思いがけない強風と断雲まじりの悪気流に、私の身体はもみくちゃにされて、くたくたに疲れてしまった。そして降下予定地より一〇〇〇メートル離れた松原の中の砂地に、落下傘を操縦しながら辛うじて松の木を避けて着地した（落下傘の吊索を引っ張った方向に落下傘は横這いをするので、障害物を避ける場合などに操縦が効く）。

開傘の衝撃のため、上空で片方の飛行靴を吹き飛ばしてしまった私は、片脚裸足《はだし》の変な格好で、小脇に落下傘を抱えて群集のある指揮所の方へトボトボと歩き出したが、地上で私を心配していた研究員が五、六名迎えに来てくれるのに出くわした。

私の顔を見るなり、

「隊長……」

そう叫んで泣き出してしまった。

「隊長……、地丸がやられました」

私は無言で、込み上げて来る涙を辛うじてこらえた。

俺がここで泣いたら駄目だ。私は私の心にいいきかせた。

ああ、やっぱり駄目だったのか。どうか生きていてくれと心に願っていたのだが。

地丸三水の着地点に一刻も早くたどり着きたく、心ははやれど一方不吉の予感の現実を見るに忍びず、私の脚は遅く、松原の真ん中で一人迷うのだ。

横須賀上空を離れて鹿島上空に達するまで、九六陸攻の前方の指揮官席の私の傍で、無言のまま、風防を通して、機外の景色をじっと眺めていた二十歳前の地丸三水の色白な丸顔が、私の脳裡《のうり》に寂しく残っていた。

――なぜ一番若い地丸が死んだのだ。どうして俺が死ななかったのだ。

私は心の中でくり返した。研究員一同みな私と同じ心である。いずれ我々の中の誰かは死ぬとあらかじめ覚悟はしていたのであった。それが我々研究員の無言のうちに約し合った心の誓いであった。

「地丸のところへ急げ」

私は迎えの研究員に向かって大声で命じた。それは、われとわが心を叱咤することでもあった。

鹿島爆撃場の広い砂原の真ん中に五尺ほどの穴をあけて、地丸三水の死体が半ば埋まっていた。口からダラッと血を流して笑うがごとくに眠っている。悲しくも尊い姿であった。

「地丸、地丸……」

答えざる人に、私は何回も呼びかけた。実験主任の角田少佐も小さな声で呼んでいる。

「地丸、可哀想なことをしたな……。みなで顔の砂を取ってやれ」

私たちは、地丸三水の顔や身体の砂を綺麗にぬぐい取った。

不開傘の事故のあった場合、私が現場に到着するまではいっさい手を触れさせぬことにしてあった。それは二度と同一事故をくり返さないために、私が直接不開傘の原因を探究して、ただちにこれが修正を完了しなければならなかったからだ。そしてその修正された落下傘が完成されてくるまでは、研究員は降下させないことにしてあった。我々人間の推理だけではなかなかに及び難く、事故のたびごとに落下傘を飛躍的に改良進歩させてきていたのだ。そして当初は、ダミーがこの役を果たしていたのだ。

地丸三水の死体をそのままに、私は急いで落下傘の調査に移った。落下傘の大部主傘体は完全に飛び出しているが、それを最初に曳き出すための補助傘が、地丸三水の背と落下傘収納袋とのわずかの間隙《かんげき》に食い入って、このために主傘体は中心付近から二つに折れたまま風をはらむことが不可能となっていたのである。

事故の原因は短時間で究明できた。しかし死体を前にしてのこの行動は、まさにパラシューターの悲哀であった。

軍医官が死体を検査した。全身内部骨折であった。

我々研究員は、地丸三水の遺骸をだき抱えるようにして、全速で救急車を横須賀航空隊に走らせた。

「地丸尊巳三等水兵の英霊よ、永《とこしえ》に安かれ」

「我々研究員は断じて君の尊い貴重なる殉死を無駄にはしないぞ。屍を乗り越えて落下傘部隊を完成してみせる」

涙のうちに私たちはこう誓い、激励し合うのであった。

犠牲を乗り越えて

翌々日の三月二十九日、横須賀航空隊において地丸三等水兵の海軍葬が、心からなる感謝と、弔意のうちに、盛大荘厳《そうごん》に行なわれた。

地丸三水の死は、私たち研究員に悲壮な決意をうながした。実験完成の日なおはるかに遠く、その間に幾多の茨《いばら》の道と試練を覚悟しなければならなかった。そしてそれを一つ一つ突破して行かねばならないのだ。このためにさっそく、明日から私たちが歩まなければならない現実の道は数多く横たわっていた。

まず終始無言のまま、いささかの油断もなく、数時間にわたって行なわなければならない落下傘折り畳みと整備。さらにこの傘を重量六〇キロの重いダミーに装着して、汗ダクになって上空の狭い機内から、飛行場目がけて投下するという、連日同じ方法をあくことなくくり返す単調な投下実験。格納庫の天井に吊り下げたブランコに人間を吊り、途中からこれを放り出してあらゆる姿勢で地面に打ちつけるブランコ訓練。身体の改造を目指して、猛烈に鍛えなければならない連続二時間のデンマーク式落下傘体操などがそれであった。

紺碧《こんぺき》の空をゆうゆうとゆく白菊のような落下傘の美しく華やかなのにくらべて、これらはなんと忍従に満ちて地味なことか。

海軍大臣命令の実験完了日も、すでに過ぎてしまった。八九式落下傘を使って、兵器を持って飛び出せば、落下傘部隊降下は万事オーケーだろう。ただ胸を決めて、数回これを実施してみればそれで済むという、最初の当局者の簡単な考え方に基づく海軍大臣命令の実験日程だったようだが、そんなものはすでに認識不足の机上案であって、私たちはいわば長期戦を覚悟して、実験作業に当たらなければならないようになってしまった。

従来の海軍落下傘とは全然異なった開傘方式の落下傘をつくり出さなければならないことに委員会の方針が変更され、これを実現すべく、私たち研究員が連日真剣に実験作業をくり返しているのだった。

この原動力、推進力はもちろん若い二十歳前の地丸三水の貴い殉死であった。私たちは従来の補助開傘方式を捨てて、新たに曳出開傘方式の落下傘を試作し、毎日々々あくことなく、折り畳んでは投下し、改修しては、また投下するという同じことを反復していた。

この頃、十二試艦戦のテスト飛行訓練が行なわれていた。航空隊神社の桜が散りかけた四月十七日頃の正午、試作機の不備を発見すべくテスト中の下川大尉は、機体の空中分解のため海中に突っ込んでしまった。

また夜間飛行中の試作機一機も行方不明となった。こうした犠牲を乗り越えて、訓練研究に従事しているものは、私たち研究員だけではなかったのだ。犠牲というものは航空隊では避けられないものであり、関係者の誰もが覚悟しているものだった。

しかしそれなりに、作業にもきわめて真剣であり、研究の進捗《しんちょく》も他にくらべてきわめて速かった。

私の同期生のパイロットから聞いた話だが、最近砲術学校と航空隊の間で、航空魚雷の威力に関する研究会が行なわれた席上、こんなちっぽけな魚雷では、戦艦は沈まないという鉄砲屋（砲術専門士官のこと）の意見と、沈むという飛行機屋の意見が対立して双方譲らず、取っ組み合いの一歩手前まで行ったが、そんなに沈まないという確信があるなら、俺が魚雷に実用頭部を着けてそのうちに戦艦のどてっ腹に打ち込んでやるから、その時は戦艦の主砲で応戦して来い。そして勝負を決めようじゃないか、と啖呵をきって別れて来たが、鉄砲屋の奴頭《やつ》が硬くてどうにもならないなどといきまいていた。

「俺は飛行機乗りになってよかった。あんな頭のこちこちな砲術界に入っていたら、海軍なんかとうの昔に嫌になっていただろう」

こんなことを真面目に語る、飛行隊の分隊長もあった。

どうも飛行機乗りと鉄砲屋は、犬と猿の仲だ。私たち研究員の多くは砲術出身者だが、さてどちらに味方したものか。飛行機乗りは、落下傘部隊は当然航空隊のものだというし、鉄砲屋は、いや俺の方のものだという。両方からもてて有り難いが、板挟みになるのには困る。中ぶらりんでいて、そのうちに両方からやりっ放されたらどうなるのだ。

研究員にたずねると、航空隊のほうが住みいいという。危険作業に対する理解が深く、航空隊員の方がずっと親切にしてくれるそうだ。

私たち研究員はこんな雰囲気の中にもあった。創設途上の落下傘部隊の進歩発展を期する上からは、航空隊に所属しているのが一番いいだろうと私は考えた。常時の訓練で、生命の危険にさらされている航空隊では、話のものわかりがよく、研究速度も断然速かったようだ。

曳出開傘方式の落下傘投下試験は順調に進んでいった。私をはじめ主として第一期研究員の熟練者をもって、数回の降下を試みた。

この曳出開傘方式とは、我々が別に、繫止《けいし》式とも称し、人体が機体を離れるや、その重量によって落下傘の頂上から順次に傘体を曳き出し、完全に落下傘の主傘および吊索が伸びきった時に、傘頂の繫止索（これの強さは綿密厳重な規定がある）が切断されて、人体は機体と分離して、次に落下傘が完全に風をはらむという方法であった。補助傘を必要としないのである。

またこれによれば、必ず一定の落下距離（約六〇メートル）で開くので、従来、実験で一〇〇メートルで開いたり二五〇メートルで開いたりしてひやひやさせた危なっかしい開き方はなくなるわけである。

これとともに、降下員の服装からは一切のひっかかりを取り除くことに努め、差し当たり飛行服のボタンも内ボタン式とし、外に出さないようにして使用した。この要求に基づいた降下服、降下靴も試作された。鉄カブトもその縁を切りとってしまった。

委員会およびこれの所属する各部局は、我々実験部の要求はほとんど全面的に応諾《おうだく》し、なおこれの実現がきわめて迅速であったことは、私たち研究員の士気を鼓舞《こぶ》してくれるものがあった。

冬来りなば、春遠からじという。

寒い冬も、春も夢のごときうちに過ぎ去っていった。飛行場の吹き流しも、緩やかに温かそうになびいている。そして研究員の心にも温かい春の気持がおとずれていた。

ダミー投下、人間降下、連日のごとくくり返す。

「開く、開く。一〇〇パーセント開く」

私たち研究員は、新型落下傘の効果を身をもって讃《ほ》め称えた。他の何人にもわからぬ私たちだけの喜びであった。

横須賀海軍航空隊の狭い飛行場は、戦闘機、艦攻、艦爆などあらゆる機種の猛訓練でゴッタ返し、降下訓練に危険を感じ、また不便を来すようになってきた。一期研究員の小林一水は、回転中の飛行機のプロペラの直上付近に降下し、危うく生命を取られるところを助かった。

こんなことで、私たちは木更津航空隊に赴いて、ここで降下訓練を行なうことが多くなってきた。

落下傘に信頼が持てるようになったので、私は高度一二〇メートルまで下げて降下してみた。これは空中での被害を少なくするための実験高度であって、これでは開傘してから着地までの余裕がほとんどなく危険なので、一般の訓練はおおむね三〇〇メートルの高度でやることにした。

夜間降下も実験的に行なったが、地面までの距離の判定がきわめて困難で、着地に危険を伴うので、熟練者以外にはやらせないことにした。

私ほか第一期研究員の熟練者数名で、一五メートルの強風時に降下着地してみたが、きわめて危険なので、実験程度でやめ、最大九メートルぐらいの風速を限度として訓練を行なった。

落下傘降下には毎秒三、四メートルぐらいの微風のある状況が最適であって、無風では方向を定め難く、油断して尻もちをついたり、地面に後頭部を打ちつけて脳震盪を起こしたものが数名でた。

兵器格納箱（梱包《こんぽう》）は、最初ジュラルミン製のものを試作したが、経済的な面からファイバー製のものにかえられた。梱包用落下傘も、内容物の重量に応じて大小五種類ほど製作された。

こうして、私たちの降下実験も大詰めに近づいてきた。

私たち専用の新型落下傘が藤倉航空工業において量産されるようになり、逐次とどけられてきた（この落下傘は間もなく、一式落下傘と称し正式に兵器採用になった）。私たちは、片っ端からこれの投下試験を行なっていった。

五月二十日。私たち一〇〇一号実験研究の最後の降下訓練が行なわれた。

まず新型落下傘をもって私たち研究員全員による集団降下が、横須賀航空隊飛行場において実施された。在港艦船上は見物人の山であった。

空中でパッと、開いた瞬間、私は左肩に猛烈な痛みを感じた。気がついてみると左手がブランとなって上がらなくなっている。開く瞬間、吊索が私の左手の根元にからみ、それに急激にひっ張られて、左の肩の腱《けん》がどうにかなっているようだった。

この降下をおえた私は、ひき続き自分の傘を折り畳んで、午後の降下の準備をした。

自分の傘は自分で畳むことになっていたが、左腕がいうことをきかないので、他の研究員に畳んでもらった。

霞ヶ浦海軍航空隊のツェッペリン格納庫占領想定のもとに、九六陸攻六機に搭乗した私たち落下傘部隊はこの日の午後、海軍部内に対しはじめて秘密のベールを取り捨てて、霞ヶ浦上空に華やかに姿を現わしたのであった。やわらかい五月の陽光を浴びて、忍苦の花が開いたのだ。

参列者は歓喜して手をたたいた。だが搭乗員だけは黙々としてこれを見守っていた。そして私の同期生の搭乗員が、演習結了集合中の私の傍に来て、

「畜生、野郎ども、空中ショー見物気分で笑っていやがる」とつぶやいた。

空征くもののみの知る感懐であろう。

純真溌剌たる研究員の今日までの努力を謝しつつ、搭乗員の真剣な訓練ぶりに敬意を捧げ、私たちは懐かしい横須賀航空隊に別れを告げて館山《たてやま》海軍砲術学校に籍を移した。

昭和十六年六月一日であった。

第二章　訓練時代

海軍落下傘部隊の誕生

横須賀海軍航空隊における降下実験を終了するに当たり、今後落下傘部隊の指導員として残留することについて、研究員の望否を調査し、希望者だけを残すことにした。家庭の事情その他から数名の不希望者を除いては、ほとんど全員が研究に引き続き残留することになった。

こうして研究中落下傘事故で気の毒にも脱落していったものと合わせ約十五名が、私たち当初九十二名の研究員から減員されて、七十七名が六月一日に館山海軍砲術学校に籍を移し、あらたな訓練に入ったのであった。

この頃、飛行特技兵と称する兵種が新たに設けられて、落下傘兵はこう呼ばれることになった。

私たちは、ここで研究時代に忙しくてできなかった陸戦兵器の研究と陸戦訓練に専心し、ときどき自動車で三十分ほど離れた館山海軍航空隊に出張しては降下訓練を行なうことになった。

飛行特技講習員を、毎期数百名あて館山海軍砲術学校に入校させ、これに降下訓練をほどこして徐々に落下傘部隊要員を漸増させる方針が採られた。そしてまもなく第一期講習員が入校してきた。

陸戦演習では、一部落下傘兵は五日間ばかり携行糧食だけですごし、敵中に降下した場合の戦闘食の研究をやった。この訓練中、講習員の伊藤上水は携行していた軽機関銃の演習弾で目をやられ、ほとんど失明の傷を負った（原因は安全装置の不備）。

九月初旬、降下訓練のために私たちは館山海軍航空隊に移動した。

それからしばらくたったある日、次のような海軍大臣命令が関係各部に発せられた。

『降下員七百五十名を基幹とする落下傘部隊二個部隊を急速編成訓練し、昭和十六年十一月末日までに諸般の準備を完成しおくべし』

遂に来るべき秋《とき》が来た。

企図を秘して今日まで隠忍《いんにん》日陰の生活を続けてきた私たち七十五名の研究員にとっ

ては、まさに待望の命令であった。

だが、二個部隊合わせて千五百名、これをわずか三ヵ月たらずの間に降下員として養成しなければならない。それにまた陸上戦闘の精鋭としても、育成しなければならないのだ。

「むちゃな命令だな。戦争がはじまるぞ」

誰もが戦機の逼迫《ひっぱく》を感じてつぶやいた。

電撃奇襲を目的とする部隊であるから、急がせられるのは構わない。それに生来、私もあわてる方にかけては人後に落ちない方だから一向に差し支えないが、三ヵ月もないのに、千五百人もの貴重な人間を、どうやって全部降下させるのか、せいぜい一人あて一、二回の初歩降下ぐらいしかやれるあてがなかった。

当局の計らいで、館山海軍砲術学校の第一期練習生を、全面的に落下傘部隊に入隊させることになり、陸戦の方の指導員はこれでなんとか間に合うことになった。

館山海軍砲術学校は、別に海軍陸戦学校ともあだなされ、横須賀海軍砲術学校から一年ほど前に分離独立し、ここで陸戦と陸上対空射撃の専門教育が行なわれていた学校である。

九月二十日付で、落下傘部隊の編制が発令され、横須賀鎮守府第一特別陸戦隊と称した。

自他ともに海軍体操の最高権威者をもって許す、この生みの親、堀内豊秋中佐が部隊長として着任した。館山海軍砲術学校第一期練習生の入隊に引き続き、各鎮守府海兵団、艦船からも毎日入隊して来た。

また九六式陸上攻撃機を改造した九六式輸送機が逐次到着し、輸送機隊が編成されつつあった。

館山湾に静かに抱かれた館山航空基地は、こうして入隊する落下傘兵やあわただしく飛来する中攻でゴッタ返していった。

かくして、降下員千五百名を基幹とする海軍落下傘部隊が、ここに集結中であった。なお降下訓練終了次第、これを二分して二個部隊を編成すべく、部隊長予定として、上海事変歴戦の勇士福見幸一少佐をはじめ、両部隊の幹部要員が入隊していたのである。

戦機はらむ降下訓練

二ヵ月と少しの期間では、満足な訓練計画はたてられるはずはなかった。陸戦訓練の方は、降下訓練の余暇、各隊ごとに適宜《てきぎ》行なうこととして、全力を降下訓練に充当すべく、降下訓練計画をたてた。

九月二十六、七の両日、私たち七十五名の集団降下に引き続き、すでに降下の基礎訓練を終わっている館山海軍砲術学校の第一期講習員の初降下を行なった。

研究時代からの七十五名を、降下の指導員としてこれを約十個班に分かち、初降下を終えた講習員を助手として、未降下員をこの各班に入れて訓練することにした。

当時、落下傘は百五十個ぐらいしかなかったように思うが、航空本部、軍需局などからの督促で、藤倉航空工業では不眠不休に近い製作を続けていたもののごとく、逐次落下傘が輸送機で運ばれて来た。

デンマーク式落下傘体操二時間、ブランコおよび飛び出し訓練一時間、落下傘折り畳み整備訓練三時間、同乗慣熟《かんじゅく》飛行一時間、航空機、落下傘に関する坐学一時間――これが入隊当初の基礎訓練である。入隊の翌日から指導員によって、ビシビシと鍛えられる。

それが終わると、各自折り畳んだ落下傘をダミー（投下用人形、新型落下傘では重量七〇キロ）に装着して、各自が飛行機から投下する投下開傘試験が行なわれる。

これは突然の急速養成訓練で、降下員千五百名に対する落下傘の製作が、入隊員に遅れ勝ちのため、製作者側（藤倉航空工業）で実施しなければならない投下試験（検査官立ち会いの上、これにパスしてはじめて兵器採用となる）を、部隊側で引き受けなければならない事情もあったが、各自に支給されたまさに生命と同様に大切な落下傘が、自分の力で完全に開くのを目撃させて、初降下に対する確信をたかめさせるためでもあった。

投下開傘試験の翌日は初降下である。この試験で、見事に開く各自の落下傘を眺めながら、各自、翌日の初降下の決意を固めるのである。

飛行機から飛び出したが最後、すべてをこれに託さなければならないこの大事な落下傘。――初降下の前夜、若い兵のあるものは傘を抱いて寝る。呑ん兵衛も、この夜は酒を断って落下傘にお神酒《みき》を上げる。

平時の訓練で、人命は絶対に失ってはいけない。

〝人命の絶対保証〟――これが私たち指導員の訓練上の最大眼目である。

〝細心〟

〝周密〟

〝果断〟

――これが降下訓練の標語である。

かくして、新入隊員は初降下を迎える。

長さ一五〇〇メートル、幅一〇〇〇メートルほどの館山航空隊の飛行場は、降下場としては、いささか狭過ぎる上に、しかも三面は海に囲まれている。下手をすると町の屋根の上か、海の上に落ちなければならない。だが我々がやがて降下するであろう敵地にくらべれば、まだまだ広く、障害物も皆無にひとしい。

「風向北北西、風速五メートル、降下高度三〇〇、進入方向西側海面方」

「出発！」

指揮所前に整列した初降下員は、この命令を受けて、厳粛な顔付きで飛行機に搭乗する。

降下員の散布《さんぷ》間隔を短くするために、飛行機は風に向かって進入する。誘導コースを旋回しつつ、輸送機は飛行場の直上を通過する。この間に、初降下員は一機から一名ずつ降下するのである。

この初降下が一番時間を要するものである。すなわち十機の輸送機でやるとして千五百名を降下させるのには、各機が百五十回飛行場上空を通過しなければならない。しかも誘導コースを一旋回するためには数分を要する。ただし降下場がきわめて広い場合は、一航過に数名ずつ降下させることができるので、所要間は著しく減少される。

「ブー、ブー」

　機内のブザーの長二声が、緊張した降下員の耳に響いてくる。降下コースに入った、降下準備をせよの合図である。

　まもなく飛行場上空。機外にぐっと身体を乗り出した降下員の耳元のブザーが、一秒間隔に鳴り出す。

「トン、トン、トン」（用意）

　誰もが一回はあわなければならない息詰まる一瞬である。緊張し切った、そして無我の初降下員に、引き続き長一声。

「ツー」（降下）

　黒玉の人間の塊が、放物線《ほうぶつせん》を描いて落ちていく。チラッと白片がなびく。吹き流しの棒状をなして、主傘体が全部現われる。

　六〇メートル落下。パッと、大輪の花をなして見事に開く。空中で手脚を動かしている。吊索のよじれを取っているのだ。

「風に背を向けろ」

「脚をしっかり合わせろ」

　地上の指導員が、メガホンで大声を張り上げる。澄みきった爽やかな秋の大気の中を、スイスイと飛び交う赤蜻蛉の群れを驚かしながら、フワリフワリと降りて来る。

「降下終了、異状ありません」

落下傘を小脇に抱え、初降下を終わった落下傘兵が、うれしそうに元気な声で指揮官に報告する。入隊後二時間そこそこ、落下傘体操の痛みもこれで吹き飛んでしまうのであろう。急速養成訓練で時間が惜しいので、初降下の場合、一航過一名が理想なのだが、これを三名にしなければならなかった。

初降下を終えた降下員は、二回目以後から、一航過連続六名ないし十二名降下するいわゆる集団降下訓練に入る。訓練もここまで来ると、一日三百名くらいの降下は容易となってくる。

こうして館山基地上空には、終日純白の落下傘が浮かぶ。それは美しくも平和な姿であった。

この調子ならば、当初相当無理を予想した急速養成訓練も、なんとか命令の期日までに終了させることができるであろう。

十月八日。時雨《しぐれ》上がりのこの日、飛行場の芝生はまだ湿っていたが、訓練を決行することにした。

午前の降下訓練で使用した落下傘を折り畳み、午後の訓練を開始した。今日もまた館山上空には落下傘がゆく。一ツ、二ツ、三ツ……。

九六式輸送機の編隊から、次々と連続降下する降下員の黒い塊が、五〇メートルほどの間隔をおいて、整然と空中を落下する。そして白片をなびかせるやパッ、パッと次々に開いていく。だがその中に一つ、他の落下傘を追い越して、ドンドン落下していくのがある。主傘体は完全に収納袋から飛び出している。

「おや？　おかしいぞ、だがもう開くぞ」

私はこれを凝視《ぎょうし》する。主傘が吹き流しのような棒状になったまま、なおも落ちていく。

「開け！」

地団太を踏んで叫ぶ。地上の比較物近くなってみると、猛烈な降下スピードだ。降下員は手脚をバタバタ動かしている。正気なのだ。助けるべくもない落下傘降下、悲痛といおうか、じっと見詰める胸は張り裂けそうだ。

あと、五〇メートル、三〇メートル、二〇メートル……。

「アッ、危ない」

瞬間どすんと音が聞こえたような気がして、目をつむった。

「やられた！」

すでに上空にあって、次から次へ飛び出しつつある降下員を、地上の無線機で瞬時にして制止することは不可能であった。

輸送機の編隊が、あとからあとから降下員をバラまいていく。フワリフワリと降りてくる、数十個の落下傘。その中から、

「アッ、また吹き流しが落ちてくる」

あと、六〇メートル、五〇メートル、四〇メートル、三〇メートル……。

「あっ、危ない。開けッ」

落下傘がパッと開くのと、降下員が大地にたたきつけられるのと、ほとんど同時だった。降下員はたおれたまま起き上がらない。

地上の指導員と地面に着いたばかりの降下員がすでに現場に群がっている。これをかきわけて私もそこに到着した。

全身打撲死《だぼくし》、ああ、千葉一等水兵はすでにこと切れていた。新参の降下員が、はや千葉一水の落下傘を片付けにかかっていた。

「おいちょっと待て、手を着けるなと何回も注意しておいたではないか」

「折り畳み方が間違っているかどうか、早く吊索《ちょうさく》を手《た》ぐってみろ、動かしたら、不開傘の原因が解らなくなってしまうぞ」

だが後のまつりだった。折り畳み方に誤りなし。不開傘の原因不明。

他の一人は、全身打撲の重傷を負ったが、生命に別条はなかった。

私が研究以来、体験したことのない不測《ふそく》の事故だった。原因不明の事故ほど、気持の悪いものはない。対策のしようがない。降下員の心の動揺も目に見えるような気がする。だが戦機の逼迫《ひっぱく》は、我々落下傘部隊に一刻の余裕も与えなかった。

不開傘の原因としては、昨夜来の雨のため、落下傘が湿気を帯びていたとしか考えられない。否、原因不明でその対策もたたないし、時間の余裕もない。

「あと一息、屍を乗り越えて降下訓練を続けろ」

降下訓練指揮官の重責を負う私は、これまでも一日に一回は降下してきたが、この事故があってから、ことさら率先して降下した。

翌九日、降下訓練視察のため高松宮殿下を降下場に迎えた。

次から次へと美しく華やかに落下傘が浮かび、数百人の降下が順調に行なわれていった。

「アッ、吹き流しが一つ」

昨日とまったく同じ状態の、まだ消えやらぬ不吉の幻影の実態が——。軽く絞った吹き流しの形をした落下傘が、他の落下傘をグングン追い越して落ちてくる。

「開けーッ！」

だが駄目だった。今日もまた殉職者を出した。待機中の機銃車を全速で吹っ飛ばし、私は現場に駆けつけた。

あとに控えた千五百人の生命を助けるために、無慈悲といわずにしばし許してくれ、いずれ俺もあとから行くからな……こんな気持で、土に塗《まみ》れた吊索を入念に一本一本手ぐりながら、不開傘の原因を調査した。その結果、折り畳み整備には誤りなく、不開傘の原因は、落下傘自体にあることが明瞭となった。

航空隊司令、堀内部隊長、角田少佐などとはかり、戦機逼迫を前に、『降下訓練中止』の命令を出してもらった。

参考までに、事故の原因を簡単に説明しておきたい。

曳出開傘方式による落下傘では、主傘体と称する三五平方メートルぐらいの傘と、二十本ないし二十四本からなる吊索とが、完全に露出して真っすぐに伸び切ったところで、はじめて飛行機との縁が切れるようになっている。そしてこの間に、プロペラの後流のために軽く手拭を絞ったような格好にねじられる。こうして落下傘は一時ではあるが吹き流しに似た棒状になる。

落下傘の頂上には、空気抜きと称する直径二〇センチぐらいの穴があけられていて、これの外周には、強靭なゴム紐が縫着《ほうちゃく》されている。開傘の瞬間、このゴムが伸びて、この穴の直径は約八〇センチに広がり、これから空気を逃がして、開傘時の猛烈な衝撃を緩和するようになっている。

ところが何千分の一かの割合で、最後まで吹き流し状のままで釣り合いを保つことがある。こうなると一種の風筒のようなもので、風は内部を素通りして抵抗を受けないので、落下傘は風をはらまないことになる。対策としては、この釣り合いを打ち破るように改修を落下傘の一部に加えてやればよい。そしてその成案も持っていたが、戦機の逼迫のため改修の暇がなかった。

後日、傘縁に木環《もっかん》を入れたり種々の研究工夫の結果、内嚢《ないのう》式と称する改修された落下傘が生まれ、一式落下傘特型と呼称された。藤倉航空工業技師の談では、これは終戦後の今日でも、米国のそれに比して遜色《そんしょく》がないとのこと——。

研究開始以来、なお日の浅い落下傘部隊において、まだまだ解決しなければならないことは沢山ある。しかしこの種の奇襲部隊においては戦機に投じることができなければ、何らの効用もない。

〝兵は拙速を尊ぶ〟という。

この日さっそく、私は飛行機で羽田に飛び、藤倉航空工業に駆けつけて、応急用落下傘の量産を急いでもらうことにした。そのでき上がるのももどかしかった。事故の日から約十日ようやく応急落下傘が完成して来た。

かくして十月二十一日、降下訓練を再開した。不開傘の場合、この応急傘を使用することにし、大事をとって降下高度を三五〇メートルに上げた。

ある日、また例の吹き流しが落ちて来た。地上の一同、手に汗を握って固唾《かたず》をのんだ。シュ、シュ、シュと約二〇〇メートルほど落下した時だ。パッと応急落下傘が見事に開いた。

「やったッ」

一同、拍手喝采した。

この降下員は新参の三等水兵だった。

「偉いぞ。褒美《ほうび》にこれをやるぞ」

航空糧食のキャラメルと、コーヒー牛乳をもらってニコニコ顔で帰って行った。

〝落下傘とは一〇〇パーセント開くものなり〟

この信念と事実が存する限り、降下員の士気は旺盛であった。だが私たちが苦心の研究のすえようやく完成した落下傘も、もはやその確信が持てなくなってしまった。

そして隊員は一抹の不安を禁じ得なかったろう。しかし、『俺の傘は開くぞ』という落下傘兵だけが持つ、説明のできない信念もあった。『屍を乗り越えて進め』隊員はみな心の中で自らを激励した。隊員の胸にはすでに戦機はらみ、来るべきより以上の苦難を予想し、これに打ち克つべく決意を固めていった。

意気高し、海軍落下傘部隊！

それは隊員の誰もが『俺は落下傘隊員だ』という自覚とともに、戦機の急迫を身をもって感得したためでもあろう。

いかに細心周密に努めても、危険作業である以上、不可抗力やケアレス・ミステーク（不注意の誤り）に基づく事故は避けられない。

ある日、降下員を乗せた輸送機が、離陸と同時にそのまま、あっという間に海に突っ込んでしまった。

（南無阿弥陀仏……）

観念の目を閉じた私たちが、やおら目を開いて見ると、不思議にも九六式輸送機は海上に浮かんでいる。待機の救助艇が現場に急行すると、奇蹟的にも墜落の衝撃で両エンジンがスッポリと外れ、軽くなった機体がフワリフワリ浮いて、乗員が中で動いている。

急いで中の搭乗員と降下員を引き出して救助したが、浸水のために機体は少しずつ沈んで行く。ついに一番奥にいた一人の落下傘兵を乗せたまま機体は海中に没してしまった。これの捜索引き揚げは二日を要した。しかし訓練期間の切迫は、私たち降下員にこの作業の余裕を与えず、航空基地員にこれを依頼して、降下訓練を続行しなければならなかった。

思わぬところでまた殉職者を出してしまった。しかし半ば不可抗力と諦めるより仕方がなかった。

十月二十八日。

輸送機が、飛行場と館山の町の中間の海上を飛んでいる時だった。

突然、輸送機から黒い人間の塊が飛び出した。

「あれっ、一ツ、二ツ、三ツ……六ツ」

合計六名。そして海上も海上、とんでもないところで見事に開いてしまった。

「あっ、海の上だ。救助艇急げ！

これは一体どうしたことだ？

のんびりといい気持で秋の日を浴びて落下傘降下に見とれていた救助艇員。こういう時に限ってエンジンも始動していないし、あわてているのでなかなかかからない。

「応急落下傘を落とせ。装帯（落下傘バンド）をはずして海に飛び込め！」

「落下傘で身体が巻かれるぞ！」

　声をからして叫べども、とどくべくもない。そのまま海の中に着いてしまった。

　あわてにあわてた救助艇が到着した時はすでに遅く、最後の一つの落下傘は、一〇メートル以上も沈みかけていた。爪竿を突っ込んだが、とどかない。クラゲのように、海中深くかすかに落下傘の白いものが見えるだけで、それもまもなく見えなくなってしまった。

　偵察員が誤って、降下ブザーのボタンに手を触れ、ブザーが「ブー」と鳴った瞬間、先頭の降下員が降下の信号と勘違いして、いきなり飛び出してしまった。続く五名も、機外の様子を見ていなかったらしく、搭乗員が制止しようとしている間に、ト、ト、ト……と機体を蹴って、あっというまにこれに続いて飛び出してしまったとのことだった。

　こんなことを防ぐために、先頭の降下員は熟練者を配していたのだが。魔がさしたというものだろうか。

　このようにして、またまた恵三等水兵が殉職していった。恵三水の死体の捜索には困難を来した。在泊艦隊の掃海で、数日後ようやく引き揚げることができた。

　眠るがごとく静かな館山の海。だがその底には黒潮の逆流が沖に引き返しているそうだ。

館山湾を出たばかりのところに平砂浦という一望白砂の美しい海岸がある。そこの漁師の話にこんなのがある。

「海に落ちたら命がけで沖に出ろ。海岸に来ると必ず海の底に巻き込まれてしまう」と。赤道から端を発する黒潮が、延々数千海里の海を渡る間にエネルギーを蓄え、ものすごい力を増して房総半島に打ち当たり、その逆流が横底を通って沖へ沖へと流れている。これに巻き込まれたら最後、命がないのだ。

私はいま海の説明をしようとするのではない。落下傘を背負って機上から、地球を見下ろしてごらんなさい。そしてさて、どこに飛び降りようかと考えた場合、降下地点はあなたのご随意にとまかせられた時、初降下であるあなたは、地球上のどこを選びますか？

「平坦地の地面です」

と答えるのは二回目以後からのこと。

まず人間の生存本能は、万一開かない場合でも、一番痛くないところへ降りなさいとささやいてくれる。そこで下界に目を転じて捜してみる。飛行場は——駄目駄目、コチンコチンに固いではないか。そして、その隣に林が見える。絨毯を敷いたように、もくもくとしていかにも柔らかそうな格好で招いている。また海が見える。真っ平な板のようだが、液体だから柔らかいだろう。と考えるとこれもよさそうだ。

さあ、これで降下地点がきまりましたから元気で飛び降ります。ただし飛行場の固い土へではありませんから、どうか安心して下さい。と生存本能の降下指揮官に報告してしまったら最後だ。仮面を被った恐ろしい林が、海が初降下のあなたを得たりとばかりにのんでしまうのだ。

十二階段から、片方の脚だけで飛び降りてみろといわれても、そんなことは嫌であろう。落下傘降下で着地するときは、必ず両脚をしっかり合わせることになっている。ところが落下傘はブランブランと揺れながら降りて来る。そして着地の寸前、思わず脚を開いて地面に対し安定な姿勢を保つべく、瞬間脚を広げる。着地の時は勇敢にも片脚だけで地面を支える結果になり、十二階段の片脚飛び降りと同様きわめて危険なことだ。それでもなお、この危険を冒すのは、人間に安定本能とでもいうものがあるかもしれない。

横須賀海軍砲術学校体育科が、車中スリの名人から直接聞いたという、そのスリのこつは――。

彼は、全速力で走っている汽車からの飛び降り地点を、あらかじめ綿密に調べ上げていた。その地点は、三〇度ぐらいの傾斜を有する土手である。この土手に差しかかる寸前にスリをはたらく。そしてこの土手に差しかかった時、第一の電柱目がけて飛び出す。この姿勢は、脚をしっかりと合わせ、体を円形に硬直させているので、全円と同じように、この土手を斜めにコロコロ転がって、怪我をしない

私たちの着地方法は、このスリから教わったわけではないが、大体のコツは同じようなものだ。

話が少しワキへそれたが、さて、降下訓練では、とくに初降下においては、人間の生存本能や安定本能というようなものの支配を少なからず受け、しかもとっさの間のことであるので、取り返しのつかなくなることを無意識のうちにやってしまうことがあるということだ。

私自身、今でも林の上を飛ぶと、柔らかそうだなあと降下の衝動にかられることがある。

連合艦隊の猛訓練中、当直を終わって熱い機関室から露天甲板に上って来た機関兵が、艦尾のスクリューがかき立てるもくもくした渦流の中に、ついふらふらと飛び込んで死んでしまったという話は作り話ではない。

恐ろしい海も、時により魔力をもって人間を招いていることがあるのだ。

十一月一日。——私たち指導員全員で集団降下を行ない、隊員に見学させた。時は飛ぶがごとくに流れ去り十一月十六日を迎えた。

この日、霞ケ浦航空隊占領の仮定の下に、海軍落下傘部隊を乗せた三十数機の九六陸攻の大編隊が、轟々たる爆音をとどろかせて霞ケ浦上空に向かった。そして美しく華やかに数百名の落下兵を降下させていった。

風が強くなったのと偵察員の偏流《へんりゅう》修正の誤りから、一部が飛行場を外れて降下した。強風に流されて、民家の竹藪に打ち当たり、さらにこれを突き破って畑に着陸するもの、水田の泥沼の中に飛び込むものなど、そして中には負傷者もあったがこれに屈せず、地上では勇ましく攻防戦が展開されていった。ダグラス輸送機が、対戦車砲（速射砲）を搭載したまま強行着陸をした。

私は前衛尖兵《せんぺい》長として、この演習に加わっていた。

晩秋の空はあくまで高く、そして澄んでいた。芝生に伏せて演習の光景を一通り見渡した。勇ましい。そして華やかだ。落下傘部隊の格好もこれでできた上がった。うれしいことだ。私の任務もこれで終わったのだ。これらの感懐が、私の心の表面を、次から次へと流れていった。

軍令部総長立ち会いの下、海軍落下傘部隊の内地における最後の訓練であった。

『任や重く、道遠し』これが、うれしく帰途につくはずの私の心の奥に重苦しいように横たわっていた。

降下訓練のために一つになっていた落下傘部隊は、それぞれ七百五十名の降下員を基幹として二つの部隊を編成した。

横須賀鎮守府第一特別陸戦隊（堀内部隊）、および横須賀鎮守府第三特別陸戦隊（福見部隊）であった。

第三章　メナド降下作戦

開戦一番槍の夢

昭和十六年十一月二十六日。

落下傘部隊を乗せた新田丸が、深夜の東京湾をコッソリと出港して行った。九州南端から、針路を台湾にむけて、ここで隊員は、はじめて台湾進出を知った。

落下傘に明け落下傘に暮れたあわただしい一年。急に閑になった身体を、ケビンのベッドに横たえて静かに瞑想にふけると、研究途上、二十歳前の青春を散らして、殉職していった地丸三水の顔が、悲しく脳裡に浮かんでくる。そして館山基地の急速養成訓練で斃《たお》れていった千葉一水や、数名の殉職者のことが……。『きっと仇は討ってやるからな』ひとり自分の心にいい聞かせながら、つい、胸の中が熱くなってくる。

命知らずに見える元気な落下傘兵の胸に、夕暮れの一時、淡いノスタルジアが訪れる。――故郷の山河が父母の顔が、懐かしく浮かんでくる。

九州南端の陸地が、長細い帯となり、やがて点となって、次第に後ろに消えていく。これが内地の見納めかと思うと、急に離別の悲しみに襲われる。

我々特殊部隊を優遇する意味で、当局が優先的に割り当ててくれた豪華船新田丸は、出港直前にブラスバンドを降ろしただけで、あとはアメリカ通いの客船そのままの装いであった。私たちの部隊だけがこれを独占して乗船しているので、全員が二等船室以上の船室が当てがわれ、食卓にはアメリカの仕込みだと称するハムの寄贈が出されたりして、自費ではとても真似のできない、豪華な楽しい航海であった。

退屈しのぎに午前の半日を、銃剣術と手旗訓練に当てた。当隊には、日本海軍第一の仙野兵曹長をはじめとして、高段錬士《れんし》の銃剣術の猛者《もさ》が多かった。

奄美大島を過ぎてから、新田丸のプールに海水を入れてもらい、若年の水泳不能者の訓練を実施した。冬になるというのに、まったく温かい水で、もうだいぶ南に来ているのだなあと、ひしひしと感じられた。

十二月一日、こうした楽しい平穏な航海を終えて、台湾高雄港に入港した。ここにはすでに輸送船団、護衛艦艇、陸軍部隊などがゴッタ返していて、戦い近しを思わせるに十分であった。秘密保持のため、部隊全員で夜の間に荷揚げを終了し、陸路、嘉義市郊外にある陸軍嘉義航空基地に進出した。ここには、陸軍部隊は一兵もなく、ガラ空きであった。

森少佐を隊長とする輸送機隊も、我々と前後して、ここに勢揃いをした。編成後なお日の浅い我々落下傘部隊は、出撃を目前に控えて、急速に練度の向上を計る必要があった。このために昼は主として降下訓練、夜は陸戦訓練を反復演習していった。

降下訓練は、輸送機隊との連繋を緊密にして、呼吸を合わせることに重点をおき、極力実戦に近い状態で行なうことにした。すなわち、敵の被弾を少なくするために輸送機隊は水平飛行をやめて、緩降下《かんこうか》で人員と梱包を投下し、落下傘兵は、鉄カブトに全武装で降下した。

一里四方もあると思われる広大な嘉義飛行場の周囲には、これまた砂糖黍《きび》畑が、地平線の彼方までたんたんとして広がっている。狭い海軍の飛行場ばかり見慣れていた我々は、満州の大陸にも似た、のんびりしたものを感じる。これなら海に落ちる心配もなく、まず一安心というところだが、その代わりに砂糖黍畑に降下すると、西も東もわからなくなり、その上、砂糖黍の毛が、いやというほど顔に刺さるのには、強気の落下傘兵もいささか閉口した。

「エエくそ、砂糖黍の根でもかじってやれ」

ムッとする酷暑の中で、汗だらけになってかじるこの味はまた格別、これで少しはくしゃくしゃした胸の溜飲も下がるというものだ。

南国の強い太陽に照り映えて、キラキラと美しく、毎日純白の落下傘が、嘉義の上空に浮かんでいた。

「あッ、吹き流しが」

あの不吉の細長い白い棒の落下傘が、グングン他を追し越して、そのまま地面に打ち当たってしまった。この頃は、堀内部隊と福見部隊が交代々々に、隔日に訓練に当たっていたが、堀内部隊の降下訓練の時だった。

私は、福見部隊の第一中隊長として、そのとき陸戦訓練をやっていたが、あわてて現場に駆けつけた。

「応急傘はどうしたのだ」

「出撃が近いので、持たせませんでした」

「この馬鹿野郎」

とどなってやったが、あとの祭りだった。

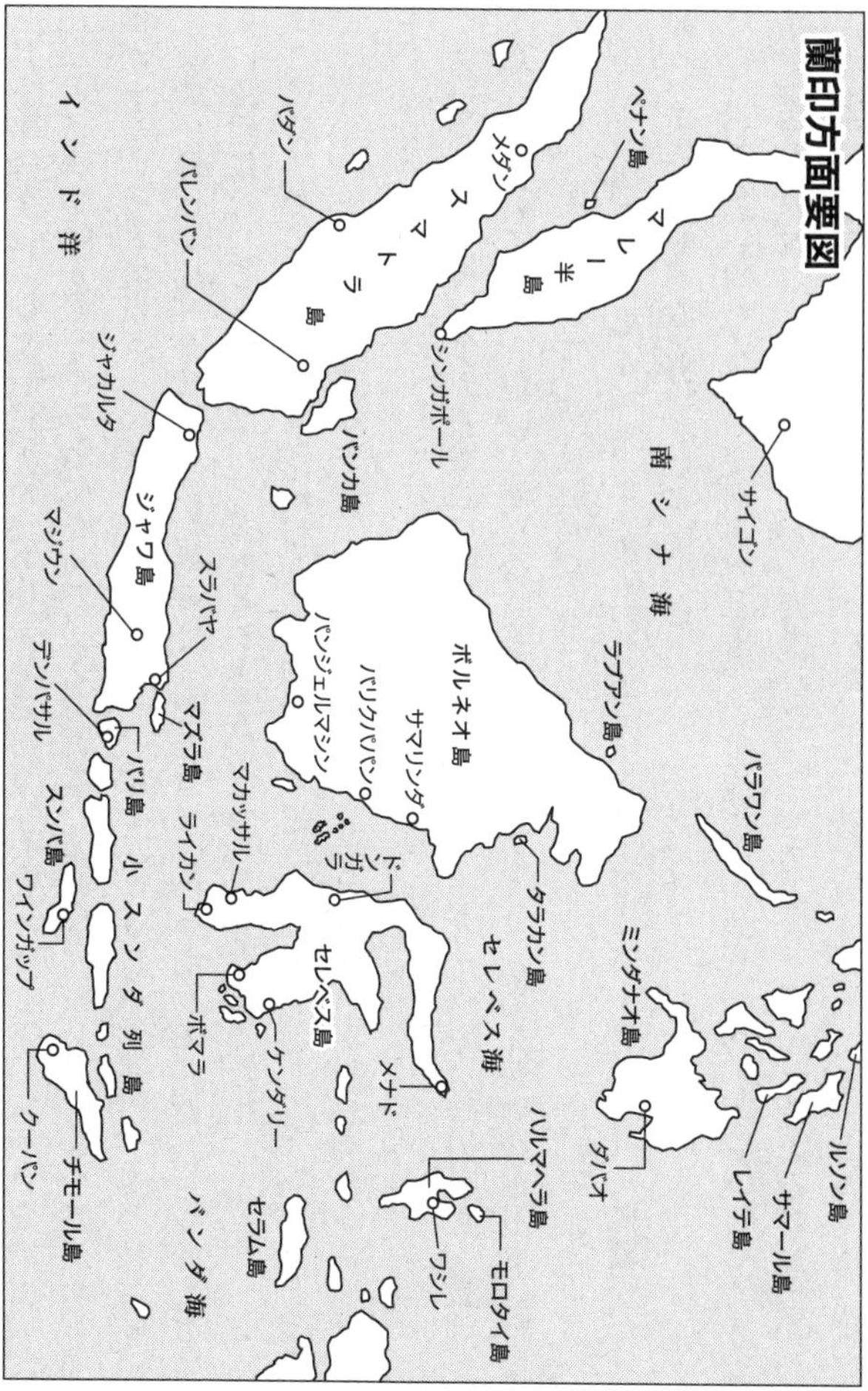
蘭印方面要図
ペナン島
メダン
パダン
パレンバン
スマトラ島
マレー半島
シンガポール
サイゴン
南シナ海
ジャカルタ
バンカ島
ジャワ島
マジウン
スラバヤ
デンパサル
マズラ島
バリ島
スンバ島
ワインガップ
小スンダ列島
クーパン
チモール島
ボルネオ島
バンジェルマシン
バリクパパン
サマリンダ
マカッサル
ライカン
ドンガラ
ボマラ
ケンダリー
セレベス島
メナド
タラカン島
セレベス海
ラブアン島
パラワン島
ミンダナオ島
ダバオ
ハルマヘラ島
モロタイ島
ワシレ
セラム島
バンダ海
ルソン島
サマール島
レイテ島
インド洋

落下傘降下は、前にも述べた通り、案ずるより産むがやすしといった性質のもので、五、六回飛び降りてしまうと、なんだ、こんなものかと馬鹿にして、なめてかかる傾向がある。それでは危ないぞと、私が口をすっぱくして注意をするが、鼻っ柱の強い士官の中には、馬耳東風といった格好で、聞き流すものがあって、万に一つの事故防止に躍起になっていた私は、ときどきシャクにさわることがあった

（この時までの私の降下回数は約五十回で、海軍ではレコードである。レコードとしては少ない回数だが、開傘率一〇〇パーセントを期待できない時期だったので、やむを得なかった）

この一年間、私は朝から晩まで、落下傘とにらめっこしてきた。一万に近い数の落下傘降下を見てきた。他の人が見たら馬鹿と思うだろう。私の先輩の搭乗員で剽軽《ひょうきん》な人がいて、人をつかまえてはこんなことをいっていた。

「おい、俺の顔は馬鹿に見えるだろう。朝から晩まで馬鹿みたように、操縦桿だけ握って暮らしているんだからな」

今にして思い当たるものがある。私もその馬鹿だ。だが馬鹿の一つ覚えというか、落下傘が、チラッと少しでも変わったなびき方をすると、すぐにピンとその原因がわかるような気がする。だから、不開傘の事故で、皆が青くなっているときでも、別に

恐ろしいとも思ったことはなかった。しかしそれと反対に、皆が開く開くといって喜んでいる時は恐ろしかった。

そのコツを指導者の立場にある士官にのみこんでもらって、極力未然に事故を防止し、貴重な人命を訓練で失わないようにすることが私の念願だったが、あまり効果がなかった。

やってみればそのうちに誰もわかることであるが、前車の轍《てつ》を踏むことは馬鹿らしいことだ。この点、飛行機乗りは、士官も、下士官も兵も、階級の区別なく、自分の力がそのままものをいう。大勢に便乗して流されておればそれで済むというような他《た》力《りき》本願は許されない。だから、鼻っ柱も強いが、ものわかりがよくて、打てばカンと響く。私はこうした航空隊の気風が大好きだった。そしてうらやましいと思った。

創設以来、日の浅い落下傘部隊は、大いに学ばなければならないところだと考え、また努めた。

しかし人間は環境の動物である。私のこんな希望もやがて落ちつくところに落ちつくであろう。海軍落下傘部隊は、こうして生まれたばかりの雛《ひな》であった。しかも日本海軍にはこの雛だけしかなかった。親どりのない雛であった。訓練は不足でも、どんな大鷲にでも飛びかからんとする。闘魂に満ちた世間知らずの無鉄砲な雛だった。そしてその雛に出撃の日が刻々と迫っている。

部隊長から、日米開戦の秘密命令の概要を知らされた。世界をわがもの顔に、東洋にまでのさばっているあの、小面憎いアングロサクソンの土手っ腹に、今こそ積もり積もった大和民族のうっぷん晴らしの痛撃を、ガンと加えてやれる秋《とき》が来つつあるのだ。

それは来るべきX日だ。

降下訓練で、一人の犠牲者と、十数名の内地送還を要する骨折患者を出してしまったことは、かえすがえすも残念なことであった。

私たちは、訓練の余暇、週に二回ほどの外出を許し、鋭気涵養に努めた。

店頭には、ほんものの餡《あん》の入った饅頭《まんじゅう》がならべられていた。ポンカン、ペイユなどの柑橘《かんきつ》類は食い放題だ。物資の詰まっているこの頃の内地とは、雲泥《うんでい》の差が感じられて、私たちの心を大いに喜ばせてくれるものがあった。

こうして、私たちはX日を待っていた。

「開戦一番槍は我々の手で」

「ここまで来ているのだから、我々の部隊が、フィリピンの一番乗りだ。その次は、タラカンかな」

私たちは、こう希望し、こう信じていた。

昭和十六年十二月八日。

早朝、緊急呼集のラッパが隊内に鳴り渡り、『X日発動、日米両国は、南太平洋方面で交戦状態に入った』旨が部隊長から発表された。

遂に来るべき秋《とき》が来た。今日の日のために私は海軍に入り、いかなる艱難も忍んできたのだ。

「落下傘部隊より二個小隊を派出し、速やかにバターン半島を占領し、比島方面攻撃の味方機の不時着場を確保すべし」

この出勤命令に接し、竹之内光男少尉（兵学校六十八期、サイパンで玉砕）の率いる二個小隊が、勇躍出発して行った。

それからしばらくして、突然、思いがけない情報が部隊長からもたらされた。

『今朝未明、味方機動部隊はハワイ奇襲に成功せり』

「やったッ！」

思わず感激のうれし涙があふれてくるのを禁じ得ない

「万歳！」

部隊のあちこちで歓声が上がり、しばし隊員は、感激の坩堝《るつぼ》に追い込まれたのであった。

だが、俺たちの出動命令は、どうして来ないのだろう。開戦一番乗りを夢みて、意気込んでいた隊員の期待は、すっかりはずれてしまった。

何だか、急に全身の力が抜けていくような気持だった。張り合い抜けとはこのことか。部隊の中から、落胆の嘆声が聞こえてくるような気がする。諦めなければならないのだ。

〝落下傘とは忍ぶことなり〟

開戦劈頭《へきとう》、この苦言を味わわなければならなかったのだ。

比島ダバオに進出

台湾嘉義航空基地で、訓練待機中の落下傘部隊は、開戦とともに第十一航空艦隊の作戦指揮下に入った。

昭和十六年十二月下旬、先任部隊長である堀内部隊に、まず比島、ミンダナオ島のダバオへ進出の命令が下り、残留の福見部隊員に送られて、勇躍懐かしの嘉義の町を出発して行った。横須賀航空隊での、最初の降下実験の時代から、実験主任としてたえず落下傘部隊の企図、指導に当たっていた角田少佐が、降下作戦の臨時参謀として横須賀航空隊より派遣され、嘉義を経由して飛行機でダバオに向かうところであった。

当時、私は福見部隊の先任中隊長であったが、これまで両部隊の降下訓練指導官として、訓練指揮に当たってきた関係上、この飛行機に便乗して、角田少佐とともにダバオにある十一航艦司令部に赴いた。

堀内部隊は、高雄港から加茂川丸に乗船、途中おりからの荒天に遭遇したが、危うく難を逃れて入港、ダバオ日本人小学校を本部として、哨兵配備に就《つ》いていた。

海岸には敵の船舶が擱坐《かくざ》し、椰子林は赤く焼けただれ、硝煙の香が生々しい。昼は屍《かばね》に蠅がたかり、死臭で呼吸も止まりそうになる。

落下傘兵は、ここで日本人居留民からいろいろの話を聞かされた。

開戦後間もないころ、ダバオ攻撃に来た一機の九六式艦上戦闘機が、日本人の耕作する麻畑に不時着した。日本人農夫は、二十歳くらいのこの若い搭乗員を倉庫の中に隠したが、遂にフィリピン軍の探索《たんさく》の手が伸びてきた。この農夫に迷惑のかかるのを気の毒に思った搭乗員は、兇悪な人食い人種の住むという南方山地に入ろうとしたが、途中運悪く敵兵に発見され射殺されてしまった。

また、開戦とともに日本人居留民は全部強制収容された。そして、毎夜若い日本人女性が、人妻が、一人一人フィリピン土民兵に連れ出されて暴行を加えられた。そして中には自殺した婦人もあった。

また自分の妻が汚されたのを怒り、フィリピン土民軍の兵舎に暴れ込んだ日本人の夫は、逆に射殺されてしまった。

日本人居留民の留守家屋は、土民の掠奪《りゃくだつ》に遭い、あるいは火を放たれた。

いま日本軍に救助された日本人居留民が、涙ながらに語るこれらの話を聞き、若い落下傘兵の胸は、敵愾心でいっぱいになり、戦いは必ず勝たなければならないとひしひしと感ずるのであった。

夜間の哨兵勤務では、スコールと藪蚊でさんざん悩まされ、野豚や水牛の出現に驚かされる。落下傘の乾燥場も、折り畳み場もないので、不便を忍んでこれを映画館の天井に吊って乾かし、広そうな民家や華僑《かきょう》の店を借りて、折り畳まなければならなかった。落下傘部隊のダバオ進出が、こんなことで敵側に漏れないとは断言できない。

こうするうちにも艦隊司令部、落下傘部隊幹部の間では、セレベス島メナドのカカス（ランゴアン）飛行場奇襲占領の計画が、着々と進められていた。

十七年一月十日。

堀内部隊長および各中隊長は、中攻に同乗してカカス飛行場の高高度偵察を行ない、地形確認をした。その結果は、

「敵飛行場には、障害物、敵影を認めず」とのことであった。

すでにメナド沖に潜航配備に就いている味方潜水艦からは、無線で付近の天候を刻々と連絡してくる。

「天候晴れ、微風」

まず天候は降下最適、幸先《さいさき》よしというところである。

その日の夕刻、ダバオ日本人小学校の仮兵舎に総員集合が令せられ、作戦命令が下された。

上海陸戦隊から華中の厦門《アモイ》根拠地隊へと歴戦のベテランであり、自他ともに体操の神様と称する海軍体操生みの親でもある堀内豊秋部隊長の、スポーツマン的な声が次々と命令を発していく。いっぱいにひきしぼられた弓のような緊張感が、降下部隊全員を包み、咳音一つさえきこえない。

思えば苦難の二年。今こそ実弾を抱いて敵陣へ天降るのだと思うと、名状しがたい感激に身体が震えてくる。

「大隊命令」

一、セレベス島ミナハサ高地、ランゴアン飛行場守備の敵は、戦車を有する有力部隊の如くなり。
二、我が大隊は、明早朝、味方水上艦隊掩護《えんご》の下に、メナドおよびケマ港地区に対する佐世保鎮守府連合陸戦隊の敵前上陸に呼応して、天然の要害ミナハサ高地ランゴアン敵飛行場に、落下傘降下を決行し、所在の敵を撃滅して付近一帯を占領確保し、もって友軍航空部隊の進出を容易ならしめんとする。
三、第一中隊は、飛行場占領せば、ただちにランゴアン市街に進出占領し、状況許せば、メナド街道上の要衝を確保すべし、
四、第二中隊は、カカス街道を東進、カカス水上基地を占領確保し、味方水上機との連絡に努めよ。なお、将校斥候《せっこう》を派遣し、トンダノ市街方面の敵情を偵察せしむべし。
五、第三中隊は予備隊となれ。
六、合言葉「山と川」
余は、大隊指揮小隊を率い、概ね第一中隊と共に有り。

大隊命令に引き続き、さらに中隊長から小隊長へ、分隊下士官へ、兵へと、明日の降下戦闘の命令と計画細部にわたり伝達されていった。

今日、落下傘兵は一日中飛行場へ通い、兵器梱包を輸送機に取り付けた。準備はすでに完了。あとは明早朝、輸送機に搭乗するだけである。

敵B—17の編隊が、ダバオ湾の味方重巡部隊の夜間爆撃に飛来し、灯火管制のため室内は蒸し暑い。その中で落下傘にお神酒を供え蚊を追い払いながら、一人半本あてのビールで軽く乾杯し、明日の奮闘を誓った。所在の入船部隊が、哨兵配備を交代してくれたので、今晩は藪蚊のために顔がはれ上がる心配もないし安心して眠れる。

早めに就寝したが、蒸し暑さで身体がビッショリと濡れ、なかなか寝つけない。故郷が、軍港の彼女が、ウトウトとまどろまぬ夢の中に浮かんでくる。こうした寝苦しいダバオの夜も、消灯とともに静かに次第にふけていった。

目指すはセレベス島ミナハサ高地

眠りにくい夜が過ぎた。明くれば昭和十七年一月十一日。

落下傘兵は、早朝に起床し、椰子の木陰から故郷の人たちに最後の別れを告げる。

雨がシトシトと降り、なんだか不吉な感がする。小雨に煙る暁闇の中を、椰子林を縫って落下傘兵は自動車で飛行場に到着、片腕の塚原二四三航空艦隊司令長官の激励と訓示を受けて、搭乗員とともにそれぞれの輸送機に搭乗した。整備員の合図でたちまちエンジンが始動され、暁の静けさを破った。

おのおの落下傘兵十二名と、兵器弾薬をギッシリと詰めた梱包数個を搭載した九六式輸送機（九六陸攻を改造したもの）が、一番機から順次に滑走路へすべり出して行く。搭載重量最大いっぱいの輸送機は、途中の傾斜面の滑走路でバンドしながら、危うくも滑走路の最後のギリギリのところで離陸していく。

「総員帽を振れ」

陸上の見送りに応《こた》えて、落下傘兵が機窓からハンカチを振っている。

輸送機は一機また一機、航空灯を消して上昇にはいる。轟々と勇ましい爆音は、ようやく明けんとする朝の爽やかな大気を震わせ、三十数機の大編隊が整然たる隊形を整えて次第に空の彼方に消えていった。

（以下メナド戦の項は、第二期研究員でこの戦闘に参加した新木正氏の証言と、作戦終了後の部隊報告とに基づいて記録した）

「皆さんさようなら」

落下傘兵は、飛行場の人影が見えなくなるまでハンカチを振り続けた。

機外に目を転ずれば、広大な椰子林がダバオ湾が、美しく絵のように脚下に広がっている。

機は高度を上げて雲上に出る。一望雲また雲だ。急に寒さが加わってくる。

機内は、いつのまにか静かになって、ピューンというアンテナの音と爆音だけが、聞こえてくる。

落下傘兵の中には、じっと目を閉じて何か瞑想にふけっている者もある。十八歳そこそこの、この一番年少の落下傘兵の顔を見ると、いじらしいような感に打たれる。あと数時間後には敵陣に突っ込むんだ。恐らく生還はできないだろう。だが落下傘部隊の初陣で死んだと聞けば、故郷の父母も悲嘆のうちにも少しは満足してくれるだろう。

突然、スコールの雲の中に入った。機窓に稲妻が光り、雨が吹き込んでくる。命より大事な落下傘が濡れては一大事、落下傘兵は座席側の落下傘に身体を乗せかけて、濡らすまいと必死になってかばっている。

降下地点の天候が心配になってきた。

ふと機外を見れば、機は海面すれすれだ。白波が今にも機を呑んでしまうかのように逆立っている。

暴風よ、どうか静まってくれ……ひたすら心の中で祈る。

パッと、紺碧の晴れ間に出た。今までの暴風はなんだか嘘のような気がする。機はただちに上昇に移った。

振り返れば、真っ黒な雲の壁が、後ろにそびえている。

眼下には、黒みを帯びた青い海上を味方水雷戦隊が白波を蹴立てて単縦陣でセレベス島の方向へ直進して行く。我々の作戦を掩護する護衛艦隊の一部だ。

前方では、搭乗員が黙々と操縦桿を握っている。

「オイ、頑張れよ」

お互いに手を振って合図する。

セレベス海峡上空で菓子を食べてポケットの水を飲む。冷たくてなんともいえないおいしい味がする。

偵察員の右手が動いた
「セレベス島近し」の手先信号だ。

「いよいよ来たぞ」

「敵機来襲！」

ジャケット（救命胴衣）を脱ぎ、格納袋から落下傘を取り出し、点検して背中に装着する。さらに互いに背中の落下傘を点検し合い、肩をたたいて力強く、「よし」と叫び交わす。

落下傘バンドの着脱金具の安全鈑（着脱金具のケッチを手で押すと、落下傘バンドが身体から取りはずせるようになるが、航空事故で負傷し、空中でもがいている場合、無意識にこの金具に手が触れ、せっかく落下傘が開いて人間が助かっていても、落下傘バンドから身体が抜け、黒玉となって人間だけが墜ち、死んだ例があるので、この安全鈑を起こさないと、着脱金具は作動しないようになっている。一種の安全装置である）をパチンと閉じると、身の引きしまるのを覚える。

偵察員が指さす方向に目をやれば、目的地セレベス島の山々が、黒く見えはじめている。朝日はすでに高く昇り、まばゆいばかりに機内に射し込んでくる。

同士打ち

操縦員席が、急にあわただしくなった。

「敵機来襲！」

五番機は、すでに機銃を撃ちはじめている。

さっと鷲《わし》のような影が、機の右舷をかすめて、上方へ消える。しばらくして敵機は一旋回、またも襲いかかってくる。

ダダダダダ、ダダダダダ……。敵味方の機銃音。

「アッ、味方機だ。同士打ちだ」

搭乗員が急に叫び出した。急いで機外を見れば、フロートを着けた味方零式観測機が、右下方に旋回していくところだ。

「馬鹿野郎！」

搭乗員と落下傘兵は、声を合わせて大声でどなった。

「なんという青二才の、間抜け野郎だ」

危ないところだった。

だが五番機は、すでに真っ黒な煙を噴きながら、次第に高度を下げて行く。

「陸地までの辛抱だ。五番機頑張れ」

味方の声援も甲斐なく、ついに両エンジン炎に包まれた。

さっと、五番機の跳出孔が開いて一人、二人、三人……落下傘兵が機外に脱出していく。瞬間、自動曳索（飛行機の機体にひっかけて、人間が空中に飛び出すと、自動的に落下傘を引き出して開かせる約五メートルの索のこと）が炎で焼き切れて、開傘不能、そのまま落下傘兵は黒玉で落ちて行く。

高度六〇〇〇メートルくらいか、次第に小さくなってやがて黒点となり、吸い込まれるように、下界に消えて行った。

「我れ自爆す――」

五番機は、無電を発して炎の尾を曳きながら、なおも海面に突っ込んでいく。海上一〇〇〇メートルくらいか、五番機はついに爆発した。

ぱっと白い落下傘が五ツ、空中に放り出された瞬間、たちまち火の傘となり、一ツ、二ツ……と焼け落ちて行く。

翼がキリキリ旋回しながらこれを追い越して海中に突っ込み、黒煙を上げている。

さらに他の一機も、同じ状態で墜落した。

海中に黒煙が数条立ち昇っている。味方駆逐艦がこれを目がけて救援のため、全速で走って行く。あッというまの出来事であった。

海中に白く浮かんで見えていた落下傘も、間もなく海中に没して消えてしまった。

この輸送機に乗っていたのは二中隊三小隊員の約二十四名であろう。戦場を直前に見ながら、味方機の犠牲となろうとは、夢想だにしなかったことだ。ただ無念の涙が込み上げてくる。

「二中隊三小隊の犠牲者よ、一〇〇一空（輸送機隊をこう呼んでいた）の搭乗員よ、きっと仇は取ってやるぞ」

敵陣直前の上空で、落下傘兵は歯をくいしばって心に誓うのであった。

ランゴアン飛行場なぐり込み

輸送機はすでにメナド上空だ。メナド港も反対側のケマ港も、味方上陸支援艦艇の攻撃で炎々たる火を発し、黒煙は中天まで上っている。

しかし砂浜には、のんびりと静かな波が寄せては返し、緑一色の椰子林は、眠るがごとく寂として眼下にひろがり、自然の風物だけは戦火をよそにいとも落ち着いた姿だ。

機は、ガラパット火山上空。故国をしのんで、日本人が別にセレベス富士（またはメナド富士）と名付けたのだそうだ。

輸送機は水平飛行の編隊を解いて、突撃隊形をとる。

落下傘部隊本部を乗せた第一編隊は、すでにはるか下方。続いて一中隊を乗せた第二、第三編隊。第二中隊を乗せた第四編隊（新木正氏搭乗）が続く。

耳がキーンと鳴り、機体がブルブルと振動する。

先頭の岩岡兵曹が跳出孔を開く。

下方トンダノ湖の濁った水が、グングン浮き上がってくる。

全員機内に立って、自動曳索の茄子環《なすかん》（フック）を機体に引っかける。

西方密林の山々が、機より高くなってくる。

「ブー、ブー」

ブザーの長二声。降下コースに入った。高度、一〇〇〜一五〇メートルか。

振り返れば、落下傘兵の顔は緊張のために青い。

ぐっと頭を起こして、機は水平飛行に入った。

「トン、トン、トン」

降下用意を示すブザー短三声。

兵器梱包を突き落として、先頭の岩岡兵曹が降下孔に身体を乗り出す。間髪をいれず、ブザー長一声。

「ツー」

降下の信号だ。

「えイッ」

と叫んで、分隊下士官岩岡兵曹に引き続き、軽機射手の新木兵長（新木正氏）が上空目がけてふみ切る。

続く服部上水、神田兵長、石井、菅原、大貫三水、井上上水、鞠地、小山内三水、石井兵長の順。（この分隊員十一名のうち、岩岡兵曹、石井、菅原、大貫、鞠地三水は、サイパン島で、神田、石井兵長、小山内三水は、カカスその他セレベスで戦死）。

鉄カブトの重みで空中で真っ逆さまになる。白い傘が伸びるのが見える。とたんにガクンと衝撃を感じて、まっ逆さまの身体が一八〇度ひき起こされた。

「開いたぞ」

第一の関門突破。滑走路東方だ。落下傘の振れが大きく、地面が斜になってグングン持ち上がってくる。

ダダダダダ……。ヒューン、ヒューン……。

敵弾が身体をかすめ、落下傘を貫いて行く。

滑走路は、一面の拒馬《きょば》と鉄条網だ。昨日の偵察では何もないとのことだったが……

「さては、敵の術中に陥ったか」

飛行場一帯敵味方の乱戦だ。

ダダダダダ……。ドーン、ドーン。

彼我の機銃音、手榴弾の炸裂音が、ゴッチャに混同して唸りを発する。

味方零戦が、地上すれすれまで突っ込んでくるが、敵味方の混戦では射撃もできない。

時刻〇九五五。味方本部は、敵トーチカの約三〇メートル直前に降りてしまった。敵は飛行場西側の八個のトーチカから、たえまなく機銃を撃ちまくる。

至近距離からの敵の機銃弾は正確、弾道は低く、パパイヤを打ち倒し、草を薙《な》ぎ倒し、拒馬を撃ち貫いて、地面すれすれに伏せて前進する味方に迫る。

味方は飛行場の平坦地に着地して、拒馬、鉄条網に前進を阻まれ、投下された梱包ははるかに遠く、わずかに手榴弾と拳銃だけで応戦せざるを得ない。

蜂の巣のごとく撃ち貫かれた落下傘が、鮮血で真っ赤に染まり、主人の落下傘兵を着けたまま、泥にまみれて悲しげにしぼんでいる。

（のちの調査によれば、落下傘の被弾の最高は、第一編隊に搭乗した大隊本部小隊員の九十六発）

滑走路上に着陸した味方は大半薙ぎ倒され、生き残りの落下傘兵は、鉄カブトの縁とジャックナイフで地面を掘り、頭だけ隠すのに精いっぱい。

気丈の副官染谷秀雄大尉（兵学校六十一期）が、手榴弾を発火して猛然と立ち上がり、何くそっ！　と、敵トーチカの銃眼目がけてこれを振り上げた瞬間、敵弾は蜂の巣のごとく染谷大尉の身体を貫いた。

「副官しっかりしろ」

傍で叫ぶ堀内部隊長（終戦後、戦犯として絞首刑となった）も、敵の銃眼三〇メートル直前で身動きさえできない。

第二編隊から降下した一中隊長牟田口豊中尉（私と兵学校同期生）は、敵飛行場上空で先頭に立って兵器梱包を突き落としていたが、梱包にはね飛ばされてそのまま空中に放り出され、降下高度一二〇メートルの低空では施す術《すべ》なく、続く伝令一名とともに、不開傘のまま敵トーチカ直前に白煙を上げて、まさに完全な肉弾となって体当たりをしてしまった。

飛行場南方台地には、敵戦車隊が進出して、飛行場のわが軍に戦車砲弾を撃ち込んでくる。北方カカス街道を敵装甲車が全速で走りつつ、機銃弾を浴びせてくる。落下傘部隊の先頭編隊の大部分は、完全に包囲された格好で、敵弾のために身動きができない。

指揮小隊の神田兵長（新木氏と同年兵）は、よく人を笑わせる瓢軽者《ひょうきんもの》だったが、敵前で兵器梱包に取りついたが敵弾が激しく武装することもできない。やむなく梱包と並んで敵と反対側に身を伏せ、ソロソロと敵に感づかれないように落下傘をたぐり寄せ、梱包と一緒に頭からすっぽりと被ってしまい、敵眼を誤魔化してすっかり武装を整えてしまった。やおら落下傘の下から目だけ出してみると、敵は全然気がついていないない。しめしめといきなり落下傘の中から、敵銃眼めがけて不意打ちを食わせ、これを沈黙させてしまった。敵前で全武装を整えたのは、彼が一番早かったろう。

宮本兵長は、空中で股を撃ち貫かれ、着地したが立つことができない。伏せた滑走路は焼けるように熱くジリジリと油汗と悔やし涙が顔面に流れる。敵味方の銃声も味方突撃の喚声も、夢のように聞こえて、いつしか気が遠くなっていった。

大隊付士官戦死、大隊指揮小隊長重傷。二中隊一小隊長三浦政喜少尉（兵学校六十八期）は、敵前一〇〇メートルで、双眼鏡で偵察中、双眼鏡もろとも顔面を撃ち貫かれて即死、伝令の佐久間上水も、頬を貫通されて戦死。他の伝令高木兵長が、ベルグマン短機銃を連射しつつ救援に近寄ったが、股を貫通されて炎熱の大地にバッタリと倒れた。のちに、敵オランダ将校と組み討ちしてこれを刺殺した柔道三段の猛者《もさ》、新木兵曹が小隊長の側に匍匐《ほふく》前進して救援に来たが、すでに致し方なし。

敵はどうも味方将校を狙撃している模様だ。

この敵弾雨飛の中で、敵の射弾がなくなるのを待ってか、あるいは味方後続編隊の降下来援を待ってか、敵弾で身動きできぬ間、ちょっと一ぷくと煙草をふかしたものもいた。

またこの敵弾の中に、飛行場の真ん中を拳銃を握ってうろうろ歩き回っている十八歳くらいの若い三等水兵二人を星先任下士官が認めた。

「危ない伏せろ！　何をやっているんだ」

「はい、兵器梱包を捜しております」

星先任下士官はとっさに走り寄り、二人を突き飛ばして伏せさせた。

「敵弾はどっちかわかってるのか」

「全然わかりません」

敵のトーチカはあれとあれだと教えながら、トーチカを目標に前進したが、この若い二人はついに敵弾に斃れてしまった。初陣というものは、敵弾に当たることがどうもピンとこぬらしい。

着々と武装を整え立ち直ってきた味方は、ようやく敵を圧しはじめた。敵トーチカを包んで、味方の弾が土煙を上げだした。

味方輸送機が、次々と落下傘兵を降下させていく。

第六、第七編隊の落下傘が、この時、敵トーチカ群の直上と背後にかけて降下した。

原田上水の下から、パッパッと敵弾が傘を貫いていく。拳銃を構えたがどれが敵だかわからない。下は椰子林だ。こいつはいけないと吊索を引っぱって傘を横すべりさせたが間に合わず、椰子の葉が足をかすめたと思ったとたん、高い椰子林にぶら下げられてしまった。

下は敵味方の混戦、しばらく見とれていたが、思い切ってブランコをやって椰子の幹に抱きつき、これを伝って地面にすべり降りた。敵トーチカのちょうど背後だ。ここに敵の自動車があったので、エンジンに拳銃弾を撃ち込み、付近に降下した味方と一緒になって、敵のトーチカの背後から攻撃をかけた。意外の攻撃に敵はびっくり仰天したらしく、手をあげてトーチカの外に飛び出して来たが、これを射殺してしまった。

ある若い落下傘兵は、敵トーチカの直上に降下した。滑走路では味方が突撃に立ち上がったところだ。なんだか俺が味方にやられるのではないかと不安になったが、思い切って交通壕から敵トーチカの中へ手榴弾を投げ込み、急いでポケットから日章旗を出して振り続けた。飛行場の味方がこれを見て、間髪をいれずに走り上って来た。

「おい、よくやったぞ」

背後と直上からの味方の奇襲に、トーチカ内の敵は度肝《どぎも》を抜かれ、浮足立った。

敵の銃火は次第に減っていった。

「この機を逃すな」

第二中隊長斎藤中尉（兵学校六十七期。サイパン島で玉砕）が、白刃を閃《ひらめ》かせて立ち上がる。続く及川二小隊長、高橋中隊付、生き残りの面々。この時はじめて味方突撃ラッパが飛行場に勇ましく鳴り響いた。

たおれる味方を飛び越え敵トーチカに殺到した。ついに死角に入った。敵銃眼に銃口を突っ込み、ダダダ……と撃ち込む。手榴弾を投げ込む。ガガガ……ガーン。閃光《せんこう》を発して爆発する。狭いトーチカの内は、手榴弾の威力は倍加する。即死する敵。逃げ出す敵、フラフラと出て来る敵は、たちまち刺殺された。

各所で陣内戦が展開されている。

ついに敵トーチカの群は全滅した。トーチカを完全に占領した味方は有利な態勢となった。南方面のトーチカの敵は、密林を利用して自動車で逃げだした。これを追撃する味方の弾の音も、急に活気をおびた感じだ。

敵戦車も装甲車も、味方の肉薄攻撃を恐れて、退却をはじめた。

「ああ、速射砲が欲しい」

破甲爆雷を抱いて地面に伏せ、攻撃の機をうかがっていた十九歳の若い三等水兵が、涙を流して悔しがった。

浮足立った敵は、勇気百倍した落下傘部隊の敵ではなかった。飛行場一帯の敵はことごとく敗走し、味方はついに飛行場を完全占領した。

重傷者は戦友の背に負われ、救急の手当てを受ける。敵味方がゴロゴロと転がり、早くも大きな蠅が群集している。

中隊長を失った一中隊は、頭部に負傷したが、気丈な先行小隊長の米原三郎少尉（兵学校六十八期、のち自決）の指揮下に、ランゴアン市街に突入して完全占領。

斎藤中尉のひきいる二中隊は、カカス街道を東進して敵水上基地占領に向かった。

これよりさき、カカス街道に向かった大隊指揮小隊の斥候小林兵長は、前方一〇〇メートルの道路上で敵装甲車と遭遇し、単身これと撃ち合いとなった。敵弾は土煙を上げて小林兵長の周囲を包んだが、歯をくいしばって頑強にこれと応戦を続け、ついに敵銃眼に命中させ運転兵を射殺し、なおも車上の敵をなぎたおしてこれを占領、味方尖兵《せんぺい》がこれを逆用して新たな戦力に加えた。

午後、二中隊はカカス市街入り口に達した。急造の敵トーチカから射撃を受ける。九二式重機銃が前進して敵銃眼めがけて連続点射を浴びせるや、敵は交通壕を伝っていち早く退却した。さらにカカス街道上の味方前衛尖兵は、右側三〇メートルの密林の家の垣の中から不意に急斉射を食らった。瞬間、石井兵長、小山内三水は胸部を貫通され、声もなくたおれた。新木兵長、服部上水はやにわに道路上に立ち上がり、軽機銃を腰溜《こしだ》め射撃でこの敵にぶっ放す。バナナの葉がザ、ザーと銃弾に撃ち貫かれて飛ぶ。敵はまた敗走しだした。

敗走する敵の声を追って、靭江、今野、塚本、野口の重擲弾筒《てきだんとう》が、一斉に火蓋を切った。ガ、ガ、ガ、ガーン。

空気を裂くかのように破裂する。

中隊長斎藤中尉は、市街戦の命令を発令。

「味方撃ちに気をつけろ。十字路では必ず左右の連絡をとれ」

西方から東方に向かって正面広く逃走する敵は、応戦しつつ、ついに市街に火を放った。

兵舎が、学校が、弾薬庫が、そして燃料タンクが、ジリジリと焼けつくような無風の空に、黒煙を噴き上げ、そしてマンゴ樹も、椰子樹も、マンゴスチンも、また美しい花畑もともに焦がしながら炎上していく。

トンダノ湖対岸の道路上を、敵のトラック、バス、乗用車が、算を乱して山地の方向へ遁走して行く。主を失った鶏や豚が、敵味方陣内の区別なく逃げまどっている姿は滑稽だ。かくて二中隊は、カカス市街および水上機基地を完全占領し、トンダノ湖栈橋に軍艦旗を掲揚した。

　おりしも、味方九七大艇二機が、砲隊、医務隊、報道班員を乗せて着水した。湖には、敵の水上機が、味方零戦にやられて、尾部や翼をのぞかせ、醜い残骸をさらしていた。

　味方死傷者のため、堀内部隊長はただちに大艇と連絡をとり、負傷者の手当てをはじめさせた。ミナハサ高地には、ようやく夕闇が迫ってくる。

「今夜は必ず敵の逆襲があるぞ」

「哨兵配備を固めろ」

　付近の民家から木材や南京袋を持ち出して土嚢《どのう》陣地をつくり、銃の射界を定めてこれを固定し、哨兵配備についた。

　敵のさぐりであろう、ときどき、銃声が聞こえるだけで、南国の夜は静かにふけていった。だが南国とはいえ、疲れた身体には七〇〇メートルの高地の夜は、震えるほど寒かった。

　まさに戦やんで、日は暮れてのシーンである。酒をぐっと一杯飲みたいと思いながら、戦死した戦友のおもかげが、悲しい寂しい感傷とともに、胸中を去来するのを禁ずることはできなかった。

戦友の霊よ安かれ、仇は俺が討ってやるぞ。自らの心に鞭うちながら、こう誓うのであった。

翌一月十二日。九六式輸送機隊が、再び轟々たる爆音とともに増援部隊を降下させていった。メナド富士を背景に、美しいまさに一幅の名画にも似た光景であった。

ケマ港、メナド港方面に敵前上陸して、追撃中の味方海軍連合陸戦隊の前衛戦車隊と遭遇し、ここに落下傘部隊は友軍との連絡をとれるに至り、セレベス島北西部を確保することになったのである。

この日の夕、早くも味方中攻隊はランゴアン飛行場に着陸して来た。

白馬に乗って、解放の神がやって来る

さらに明けて一月十三日。

夜間、味方戦死者の遺骸を焼くその火が、煌《こう》々と明け方まで椰子林をこがしていた。

市街地の住民も馬車に乗って次第に帰って来たが、最初は老人、老婆が多かった。

ある日新木兵長が、石井三水、菅原三水とともに哨兵に立っていると、その前に馬車が止まり、背広を着た紳士風のインドネシア人が降りて来た。おずおずと近寄って

きた彼らは、その顔の皮を引っ張って、

「トアン、ジャパン、オラインドネシア、ムカ、サマサマ（日本の旦那《だんな》様も私たちも、顔も色も同じですね）」

といいながら、新木兵長の手の皮をつまみ出した。喜ばしいような油断のできないような変な気持で、新木兵長もマレー語の本を取り出して、

「ジャパン、ソルマードーサマチンタ、オラン、インドネシヤ（日本軍人は、貴方たちを可愛がります）」

と応答してやった。

彼らは喜んで立ち去ったが、こうして住民はほとんど帰って来た。

二月初旬、残敵がときどき市街に出没し、親日インドネシア人や有力者にテロ行為をやりだしたので、堀内部隊は住民のスパイを使ってこれの探索《たんさく》に努力し、これらを掃蕩することにした。

ついに、カカス東方山中に敵の秘密兵舎を発見した。大隊本部からは、極力敵を捕虜にして来いとの命令を受け、逆スパイを防ぐため、二中隊の十数名で暗夜ひそかに行動を起こした。タッカ部落から住民のスパイを案内者として先頭に立て、逃げられては困るので、彼の胴に縄を着けて落下傘兵の一人がこれを持った。

間もなく山道の密林地帯に入った。蛍が飛びかい、名も知れぬ怪鳥の啼《な》き声が聞こえ、トカゲが走り回って薄気味が悪い。

夜中の二時頃、二棟の敵仮兵舎を二隊に分かれて包囲し、声を忍んでジリジリと接近して行ったところ、突然、三頭の番犬に吠えられてしまった。すわ感づかれたか……、眼前の兵舎へ岩岡兵曹が突っ込んだ。そして寝ぼけて狼狽《ろうばい》する敵兵と、一緒に寝ていた女を有無をいわさずしばり上げて、兵器を外に放り出してしまった。

新木兵曹、新木兵長ほか数名は、他の兵舎目がけて急坂を駆け下った。
バ、バ、バ……。暗夜に閃光を発して敵機銃弾が発射された。敵前一〇メートルくらいか、味方は身体をぶつけるようにして、とっさに傍の木の根に伏せた。
先頭の新木兵曹は、急坂のため行き脚が止まらず、そのまま敵兵に打ち当たって、敵と組み討ちの格闘がはじまった。敵味方二人は組み合ったまま真っ暗な急坂をなおもゴロゴロ転がって行ったが、柔道三段、腕っぷしの強い新木兵曹は、ついに敵の首を絞め上げ、銃剣でこれを刺殺してしまった。敵はオランダ軍の将校とのことだった。

射撃する新木兵長の身体すれすれに敵弾が飛ぶ。突然、ガーンと頭を殴られたように思ったら、顔面に血が吹き出している。敵弾が新木兵長の頭をかすったのだ。

敵の反撃は、女を守っているためか必死だった。高橋小隊長ほか全員十数名が集合し、一斉に手榴弾を投げる。

シュ、シュ、シュ……。手榴弾は尾を曳いて飛ぶ。
ガ、ガ、ガ、ガーン……。火柱を上げて炸裂したとたん、ピタリと敵の射撃がやんだ。
「用意、突っ込め！」

逃げまどう敵を手当たり次第突きまくった。一部の敵兵は、断崖を飛び降りて何か叫びながら遠ざかって行った。

味方はただちに兵舎に火を放ち、敵捕虜を引っ張って山を走り下った。

落下傘部隊が占領したランゴアン飛行場には、すでに味方機がいっぱいに並んでいた。

その後、数次にわたって残敵の掃蕩を行ない、多数の捕虜も得たが、そのつど味方の戦死者も増えていった。

三月十三日。

ランゴアン飛行場西方のトンパソ部落に、敗残兵が出没し、親日現地人部落をつぎつぎに襲撃して、部落民を殺し、家を焼き払うので助けてくれと、現地人が救いを求めてきた。

さっそく二中隊から二個分隊を出し、トラックで現地に急行、アムラン山中の隘路《あいろ》で敵と遭遇、これを追って谷間に入ったところ、突然、両側の山頂から、挟撃の射撃を浴びせられ、佐々木上水は頭部を貫通されて即死。これにひるまず味方は反撃して、数名の捕虜を捕らえ、他は全滅させた。

オランダ兵の捕虜の中の一名は、夜、負傷した戦友のオランダ兵の手や首を斬って殺し、自らも首を吊って死んでしまった。

敵ながら、天晴《あっぱ》れな武人であるのに感心し、ねんごろに葬ってやった。

殺されたこの敗残兵の中には、カカスに妻を持っていた土民兵もいたが、その若妻の嘆きを見て、敵とはいえ、可哀想でたまらなかった。

そういえば、佐々木上水（第二期研究員）も気の毒なことをした。彼は真面目な男で、外出の日でも、横須賀の下宿で必ず勉強をしていた。当時二十歳の彼の純情な胸には、いつも一枚の写真が、肌身離さず秘められていた。横浜に、十七歳になる婚約者がいたのだ。

その写真の主の婚約者の嘆きも、この殺された土民兵の妻の嘆きも、民族は違っても、やはり同じであるに違いないのだ。

掃蕩戦での血なまぐさい嫌な思い出も、死んで行った敵味方を偲《しの》んでの悲しい感傷も、人間である以上避けることはできないだろうが、これと同じく、人間であるからには、ことに青春を謳歌すべき若人であっては、甘い楽しいロマンスも、避けることはできないであろう。

カカス市街の若いインドネシアの娘さんと若い落下傘兵の間には、いつしか恋愛に似たものが芽生えてもきていた。ミナハサの娘さんたちは、われわれ日本人と同じ皮膚の色で顔も美しく、なんとなく好感が持てる。服装はワンピースで、土曜日以外ははだし、早熟で十五、六歳で一人前。

日本人が好感が持てるなら、向こうでも同じ好感が持てるのか、娘さんたちの方から、十八、九から二十歳ぐらいの若い落下傘兵へ、

「サヤチンタサストワン」(アイ・ラブ・ユー)

と求愛してくること少なからず、落下傘兵のうぶな者は、いささか困惑させられていたようだ。

落下傘部隊が、小スンダ列島戡定《かんてい》作戦のため、セレベス地方を離れるとき、落下傘兵の乗ったトラックに、泣いてすがった娘さんもあったほどだ。

こんなロマンスのある一方、この地方は一般に女尊男卑の風習が強く、女性の頭は

なかなか高かった。

そして、中には哨兵の前に来ても敬礼しないものもいた。かねがね、これを小シャクに思っていたし、また頭部も負傷して気が立っていたためか、新木兵長は二、三人の婦人をぶん殴ってしまった。たちまち悪評が飛んだ。

「トアン、アラキ、アランジャハ」(新木は悪人だ)と。

ところが、トアン新木はまた、日曜教会に集まる貧乏な現地人に金を恵んだり、殺された現地人を埋めたり、あるいは白骨となった敵兵に花を供えたりもしたので、これがカカス郡に知れわたり、「トアン、アラキ、オランパイ」(新木の旦那は善人だ)と汚名を返上し、市街を歩くと礼をいわれたり、民家でご馳走攻めにされたりした。

ヒエルトンという少年を団長に、ヌマリーという少女を副団長として、少年少女団を作り、これに日本語や日本の歌も教えたりもした。

こうして、現地住民の部落には、朝夕、日本の歌が聞こえ、娘さんたちは花束を抱えて、病院の落下傘兵を慰問し、また戦死者の墓には、花が絶えることがなかった。

平和な、幸福そうな日が、このミナハサ地方に訪れていた。

ランゴアン飛行場北方には、すでに全戦死者の墓が建立《こんりゅう》され、告別式も終わっていた。林立する白木の墓標の階級は、全員二階級特進のものだった。

飛行場に目を転ずれば、轟々たる爆音の中に、中攻隊、零戦隊の銀翼が整然と並び、椰子林は切り倒されてその跡に幕舎が建ち、激戦の面影はすでに認められない。

現地人は、「ジュンポール、トアン」（素晴らしい）と親指を出して落下傘兵を笑わせる。土曜日ともなれば、広場には現地人の若い男女が集合して、楽しそうにダンスに打ち興じている。

インドネシア独立の歌が聞こえてくる。セレベスのインドネシア人が、われわれ落下傘兵に歌って聞かせ、教えてくれた。

われわれもインドネシア語のままで、これを覚え、よく合唱したものだ。

インドネシア、タナアイルク
　タナトンパ、ダラク
リシャラナラ、アクバリリ、
　マンジャガ、パンルイブク
インドネシア、ラヤムリャムリャ
　ヒルプラ、インドネシアラヤ
インドネシア、ラヤムリャムリャ

タナクバンサク、サムワ

白馬に乗って、北から我らの神が、解放に来る——という意味だそうである。

これが迷信であり、白馬が何者であろうとも、自由なき植民地人の希求するものがなんであるか、それだけはわかるのである。

第四章　クーパン降下作戦

艦隊司令部降下作戦をためらう

近代戦の立体化に伴い、「上空よりの包囲」ということが叫ばれだしてから、もうだいぶたつ。敵前上陸に例をとってみても、敵の防御砲火の正面をきっての上陸などは、不可能ではないにしても、相当な被害を覚悟しなければならないことは当然である。そして、この対応策として、一時的にでも、敵の側背《そくはい》を衝いて、この方面に敵を牽制《けんせい》するか、あるいは敵の比較的防御手薄な海岸を衝いて、橋頭堡を確保するか、何らかの手段を講じなければならないことも明らかである。この手段として、人間による上空よりの包囲ということが、もっとも有効かつ的確なものであることは、すでに万人の認めるところである。

かくして、落下傘部隊やグライダー部隊が必要となってくるのである。

ところが、開戦の蓋を開けてみて驚いた。味方の上陸作戦はまさに破竹の勢いで、向かうところ敵なしの感があった。

それに引き換え、セレベス島メナド降下作戦における味方の被害は余りにも大きかった。

「敵前上陸だけで容易に目的を達するのだから、あんな危なっかしい降下作戦は無理にやらなくてもいい」

長官が我々に同情して、こんなことをいいだした。

私は脚の骨をちょっと負傷していたので、その治療も兼ねてミンダナオ島のダバオに滞在していたが、これを聞いてびっくりした。これは一大事だ。こんなことが部隊の兵隊に知れたら、カンカンになって怒りだすに決まっている。それに士気にも響いてくる。こんな話はいっさい内緒にしておいてもらいたいものだ。戦いははじまったばかりだ。これからどんなことが起こるかわからない。われわれ落下傘部隊の使い道は、まだまだほかに沢山あるはずだ。

私はこんなことをいろいろ考えながら、

「とにかく一日も早く、どこかの作戦をやらせて下さい」と艦隊司令部に督促《とくそく》してダバオを去り、嘉義の本隊に帰った。

一月中旬頃、私たち福見部隊は浅間丸に乗船して、占領直後のボルネオ西部、タラカン島に進出した。港には味方の水死体がハチ切れそうに脹《ふく》れ上がって、後片付けも終わらないままに至るところに漂流していた。

敵が海岸砲台に白旗を掲げて、降伏の意志を示してきたので、味方掃海艇が砲撃をやめてこれに接近したとたん、敵の砲台から発砲され、無念の涙をのんで沈んでいった掃海艇乗組員の、仮墓標も立てられてあった。

市街にはなお硝煙の匂いなまなましく、郊外には敵が退却のとき爆破した油田の黒煙が、天に冲《ちゅう》しているのが望見された。

「油田に火をつけられてたまるものか。貧乏海軍はそっくり油田を貰わなくては……」

私たちはこんなことを考えながら、敵の油田地帯ボルネオ島のバリクパパンか、バンジェルマシンへの降下命令を心の中で期待していた。

ここで私たちは、オランダ軍の発行した面白いポスターを発見した。そのポスターは、三枚一組の紙芝居に似た画が描かれているもので、第一に日本軍落下傘部隊の降下を、赤ん坊を背負ったインドネシア婦人が眺めている場面、第二はそれをオランダ軍司令部に、その婦人が連絡しているところ、最後にオランダ軍戦車隊が、日本軍落下傘部隊を包囲攻撃している光景、これらを描いたものだった。

第二次大戦で、ドイツ軍落下傘部隊にいためつけられたオランダ軍が、その苦い体験から日本軍落下傘部隊の降下に、あらかじめ備えた用意周到な準備の一端が、この絵から容易に推察できるのである。

今後、私たちが降下するところには、必ず敵のこの種の備えがあるものと、覚悟してかからなければならない。そしてメナド降下戦闘の苦杯を、再びなめないように、周到な準備をして、戦闘に臨まなくてはならない。

私たちが内心期待していたバリクパパンへの降下作戦も、一月二十四日、破竹の進攻を続ける味方上陸部隊の占領するところとなり、うれしいような残念なような変な気持で諦めてしまった。

残るはバンジェルマシン油田地帯への降下か？　こんな夢を描きながら一月下旬、さらにタラカン島を出港して、占領直後のセレベス島ケンダリー航空基地に進出した。

ケンダリー航空基地

港からトラックで約一時間、南国の明るい太陽に照り映える椰子林をぬった道路を行く私たちは、この戦火をよそになんだかピクニックでもやっているのかと錯覚を起こすほど、美しく静かな、そして広大な天然の景色であった。

ケンダリー航空基地は、そうした俗塵《ぞくじん》を離れたところに草ぼうぼうと横たわっていた。基地周辺のオランダ風の邸宅を本部とし、庵《いおり》のような現地人の家や、設営隊の急造したパネル張りのバラックなどに分宿して、さっそく我々は降下作戦の準備にとりかかった。

メナド降下戦闘を終えた堀内部隊の一部が派遣されて、飛行場の警備に当たっていた。

この頃、この航空基地の宿舎に幽霊が出て、首をしめられたり胸を抑えつけられたなどと大真面目で騒いでおり、艦隊司令部にまでこの話が伝わったようであるが、降下作戦準備で夢中になっていたため、そんなものを相手にしている余裕もなかったし、別に恐ろしいとも思わなかった。日本の女の幽霊こそ怖いが、外人の幽霊なんて、そんなものあまり聞いたこともないし、来たら一発ズドンとやるまでだから、出るなら面白いから出てみろとも考えていた。少し話がそれたが、この幽霊騒動のあったことは事実だった。

天井には夫婦者のトカゲが仲睦《むつ》まじくからみ合い、冷たい体でときどき私たちの顔の上に落ちてくる。

この基地にいると、どこで戦争が行なわれているのかと思うほど、静かでのどかなものを感じる。だがこの基地ののどけさをよそに、私たちの目に見えないところでは、今や航空戦が次第に熾烈《しれつ》の度を加えつつあったのである。

攻撃を終えて、この基地に帰って来る味方中攻隊の満身創痍《そうい》のいたいたしい姿。片エンジンでかろうじてたどり着き、着陸寸前エンジンがストップして、そのまま滑り込むもの。あるいは脚の出ないもの。機上全員戦死で操縦員一名だけで還って来るもの等々。すでに今次大戦の主力となっている航空機搭乗員の苦闘のありさまがいたましく尊く、私たち隊員の胸を打つのであった。

また、民間人で編成された海軍設営隊が、この敵地に徒手空拳、丸腰のまま早くも進出し、汗だらけになって飛行場の設営に当たっている姿は感謝そのものであった。

基地航空戦を、より有効に遂行《すいこう》するためには、もっと敵に接近した航空基地を占領しなくてはならないのだ。

ここで、濠州の前進拠点チモール島クーパン飛行場降下占領の内命が、待ちくたびれたわれわれ福見部隊に下ったのである。私たちは椰子の木に落下傘を吊り上げて乾燥し、ケンパスを敷いて戸外でこれを折り畳んだ。メナド降下作戦では間に合わなかった梱包《こんぽう》投下機も、輸送機に着けられていた。軽機も無理をすれば、分解して胸部に携行して降下することが可能である。

メナド降下戦闘の戦訓をことごとく実行に移し、前車の轍《てつ》を踏まないように、私たちは慎重に作戦準備を整えていった。

この時までの敵情を総合すると、概略は次のようなものであった。

一、濠州の前進拠点、チモール島には、蘭濠連合軍、約三千名が守備しつつあり。

二、蘭領チモール島には、最近濠州本土より増援部隊を送りつつあるもののごとく、防御施設は日とともに堅固になるものと予想される。

三、クーパン飛行場には、時々敵機出没しつつあり。

メナド作戦の戦訓に鑑《かんが》み、飛行場への直接降下は避けて、クーパン飛行場の北東約四キロの地点にある草原地帯を降下地点に決定し、ここから、敵飛行場の背後を衝くことにした。

なお降下作戦の企図を、敵側に察知されないように空中偵察にも意を用いられ、また落下傘部隊幹部の事前の降下場偵察確認も行なわないことにした。

落下傘部隊の降下戦闘編制は次の通り。

第一次降下部隊（約四百五十名）

降下前衛隊、第一中隊

本　　隊、大隊本部

第三中隊

第二次降下部隊（約二百五十名）

第二中隊および第三中隊の一部

中尾兵曹長の指揮する約二個小隊

敵前上陸部隊

医務、主計、運輸、工作の各隊

強行着陸部隊

小切間軍医長のひきいる医務隊の一部

降下部隊の搭乗割りは、一機につき九六陸攻は十二名、一式陸攻は十八名とし、降下順序は降下直後の戦闘指揮に重点を置き、中・小隊長は中間とし、先頭降下員には熟練者を配することにした。

携行《けいこう》降下兵器は、拳銃、手榴弾のほか重擲弾筒《じゅうてきだんとう》、一部軽機とし、その他は梱包にて投下することにした。携行糧食は三日分とし、うち四食分は防腐剤をほどこして、セロハン紙に包んだ握り飯。これらが、今度の降下戦闘準備の概略であった。

出発の前日、私たちは終日を費やしてこれらの準備を終えた。目の回るように忙しい一日であった。

味方爆弾とともに

デコボコの多い、草だらけのケンダリー飛行場からの離陸は、最大限の満載状態ではきわめて危険が感じられた。

やむなく、我々は一名を減らして一機十一名あて輸送機に搭乗した。梱包は爆弾と同様、機の翼と胴体の下の投下器に吊られた。

尾部を軽くし離陸を容易にするために、落下傘兵は一時前方の操縦員席に移動し、発進の命令を待った。

飛行場は、薄明の朝霧の中にボンヤリと煙っている。基地員と堀内部隊の派遣隊が早起きして、我々を見送っている。

一番機発進。全速回転で滑走路を驀進《ばくしん》する。見送る基地員の姿が飛ぶように後ろに消えていく。

離陸！　時々ジャンプしたが、かろうじて機は地面を切った。

一機、また一機と、全機無事に離陸を終わり、エンジンを絞って飛ぶ一番機に追いついてくる。編隊が整い終わった頃、夜は明け放たれて辺りはすっかり明るくなった。

昭和十七年二月二十日。

私は降下前衛隊長として、他の十名の落下傘兵とともに、輸送機隊長森少佐の搭乗する一番機に乗り込んでいた。

約四〇〇海里（約七四〇キロ）の海原を飛んで、これから濠州の関門、チモール島クーパン飛行場占領に向かうのだ。弓につがえられた矢にも等しい我々落下傘兵、すでに準備は整って思い残すことは何もないのだ。

昨夕までの降下作戦準備の多忙さから解放されて、ホッと一息入れるところである。

やがてセレベスの島影も消え、眼下には黒みを帯びた海面が油を流したように、平らに静かに横たわっているのが目に入るだけとなってしまった。はるか前方には、南赤道無風帯の特有の、積乱雲のモクモクとした白い雲の峯が、どこまでも果てることを知らぬように、上へ上へと聳《そび》え立っている。

高度六〇〇〇〜七〇〇〇メートル。三十数機の輸送機の編隊は、巧みにこの雲を利用して飛んでゆく。天候、晴。微風。この分ならば、降下最適の気象である。

爆装した中攻隊が我々の前路を飛び、零戦隊が、見えつ隠れつ味方を護衛して飛んでいる。準備おさおさ怠りなしというところである。

退屈しのぎに、手先信号で僚機と話を交わす。

「おい、お前の顔は青いぞ」

「冗談いうな。お前の顔こそ真っ青だぞ」

ポケットのキャラメルを頬ばって、落下傘兵が笑いながら、風防越しに僚機の兵と冗談を飛ばし合っている。

ポケットだらけの落下傘兵のズボンの中には、防腐剤を入れた四食分の握り飯と、一日分の携行糧食。セロハンの水筒に入れた飲料水数個と、最悪の場合を考慮して鰹《かつお》節《ぶし》、身欠き鰊《にしん》、塩。携帯用小型救急嚢《のう》の中には包帯、三角巾、ヨードチンキなどのほか、ウイスキー小瓶が一本。これらがところきらわず格納されている。

上衣の両側の胸ポケットには、士官、兵とも各自ブローニング式または九九式小型拳銃一挺と、手榴弾数発が忍ばせてある。このほか、ズボンのもっとも取り出しやすい個所にジャックナイフ一本と、穴を掘る小円匙鍬《えんぴくわ》を携行している。

主兵器は、この時には残念ながら折り畳み式のものが間に合わず、不便を忍んで軽機銃は分解して一部の兵が、重擲弾筒はその射手が全員、これを胸部に携行降下することにし、その他小銃、補充弾薬などは、梱包で投下することになっていた。

弾薬は、日華事変で中国軍が使っていたような弾帯に入れてこれを肩から掛け、携行降下することが可能である。

小銃（短い騎兵銃を使っていた）の携行降下は開傘率に影響があり、危険を感じられたが、メナド戦闘の苦い体験から、実戦であるので本人の自由意志にまかすこととし、私はこれを携行降下することにしていた。

なお、鉄カブトは縁なしのもの、靴は降下靴と称する特製のもので、ゴム裏の革製半長靴で、紐で締めることができる。

以上が、落下傘兵の戦闘降下の服装のあらましであって、結局、一人あたり二〇キロ前後のものを携行して降下することになる。

全員同時に同一点に降下しては、万一、メナド降下戦闘の時のように、敵に包囲された場合あとの細工《さいく》が効かなくなる。そこで私のひきいる第一中隊が降下前衛隊として、まず降下地点に飛び込む。それから四、五〇〇〇メートル遅れて本隊が逐次降下する。

これがこれからの降下の手順である。

アラフラ海とバンダ海の中間を扼《やく》し、南緯一〇度の線上に横たわる未知の島チモール島、その南端に位置するクーパン飛行場から濠州北岸まで、海図上の距離は三五〇海里（約六五〇キロ）足らず。このクーパン飛行場を占領すれば、味方中攻隊も零戦隊も、ここから容易に濠州本土がたたけるのだ。

輸送機の中で、若い落下傘兵はいま何を考え、何を思っているのであろうか。祖国を離れること何千海里、一望海また海の青海原《うなばら》のほかは何も見えない、この上空では、故郷を偲《しの》べども現実とのへだたりはあまりに遠く、かなわぬ夢とたちまちかき消されてしまう。

ただ数十倍の敵がたむろするというクーパンへの道だけが、今の落下傘兵には一番近い現実の道であるのだ。そして、これからの苦闘と勝利の道だけが……。

天候に恵まれ、微動だに感じない機内に、自分の飛行機のエンジンの音のみが、風防を通して響いてくる。

小スンダ列島の島が見えはじめた。私たちは、ここで早めの昼弁当を開いて腹ごしらえをした。

島の海岸線が、波に洗われて白くはっきりと見えてきた。ここから目指すクーパンまで、あと四十分足らず。背の低い小スンダ列島の陰も、次第々々に後方に薄れていった。

「敵機を認めず」

私たちは、この辺で早めに落下傘を装着し、対空見張りをはじめた。

前方にチモール島の山らしいのが見えだしている。緊張感が、いつしか機内にみなぎっている。

「健闘を祈る。頑張ってくれよ」

輸送機隊長の森少佐が、こういいながらサイダーのビンを抜いて、胴体の座席の落下傘兵の方に向きを変え、私の手に渡してくれた。これにならって、私も別のビンを抜いて森少佐に手渡した。

「乾杯！」

「みんな頑張ろうぜ」

落下傘兵と搭乗員は、口飲みで互いにサイダービンを交わしながら乾杯した。

「対空見張りを厳重にしろ」

搭乗員も落下傘兵も、あとは黙々として前方を凝視《ぎょうし》するだけだった。

輸送機の編隊は、高々度上空で大きく右旋回しながら、チモール島の上空に出た。

海ばかり眺めてきたためか、眼下にひろがる島の景色は、広大な大陸のような感じを受ける。奥地の密林を除いては、一帯にこれまで見た密林とは異なり、まばらな林から島の地肌が透いて見える。

敵の高角砲はまだ撃ち上げてこない。人影も認められない。なんとなくもの静かな下界の様子だ。

「編隊を解き、突撃隊形制《つく》れ」

私の乗っている指揮官機の編隊を先頭に、縦陣列を作りつつ針路を山手から海の方に向けた。

「山頂の敵対空機銃に気をつけろ」

眼下の山林地帯のはるか前方に、豁然《かつぜん》として開けた平坦な草原が見える。あれが目指す降下地点だ。

「突撃せよ」

キーンといった感じの、急激な気圧の変化が、耳と鼻の内部を突く。ぐっと生唾を呑み込んで、欧氏管《おうしかん》の通りをよくする。

第一編隊は突撃の緩降下に入った。

「ブー、ブー」

(降下コースに入った。降下準備をなせを示す）聞き慣れたブザーの長二声が響く。待ち構えた落下傘兵は、すでに自動曳索のフックを機体に引っかけて降下用意完了。機はグングン高度を下げて、密林の山をぬって飛ぶ。山の頂上から一〇〇メートル以下か、椰子の木が一本一本手に取るように見える。

「山頂敵機銃陣地なし」

こんな至近距離で撃たれたら、そのままお陀仏《だぶつ》だが、まずは一安心、これは幸先がいいぞ。

林の山地を脱した。目指す前方の草原がグングン大きくなって近づいてくる。

「トン、トン、トン」

降下用意のブザー短三声。
ダ、ダ、ダ、ダ、ダーン。草原に雨とそそぐ味方中攻隊の爆弾の炸裂音と、もうもうたる硝煙と砂塵。
「ツー」(降下せよ）
ブザー長一声。爆撃の砂塵めがけ、バタバタと機内を蹴って、一瞬のうちに全員飛び出した。

降下後の戦闘指揮を考慮して、私は先頭から五番目の降下順序で飛び出した。

武装の重みで頭が下がり、下の地面がよく見える。降下訓練のときとほとんど変わったところはないが、今日は何かふわふわと身体が軽く持ち上げられるような気持で、いつもより落下速度が遅いなあと、私は落ちながら考えた。途端、ガクンと衝撃を感じ空中に支えられた。

開いた！　硝煙と砂塵の中だ。手足を大きく振って右回転の惰力をつけ、急いで吊索の捩《よじ》れをとる。
ダ、ダ、ダ、ダ、ダ……。猛烈な機銃音。
さては、敵か……そう思って私は胸の手榴弾を取り出し、口で安全針を抜きかけた。

オヤッ？　敵弾は一発も飛んでこない。味方零戦の機銃掃射の音だ。

味方前衛の先頭の落下傘はすでに着地寸前。零戦が次から次へ急降下しながら、周辺一帯にわたり掩護の機銃掃射をくり返している。メナド戦で懲《こ》りているので、落下傘部隊の戦闘隊形が整うまで、敵に頭を上げさせる暇がないように、味方すれすれまで機銃掃射をやって貰うように、あらかじめ頼んであった。着地。

膝を没する湿地の叢《くさむら》だ。私の身体は、敵から安全に隠されたが、伏せると味方も見えなくなってしまう。

上空には、後続編隊が次から次へ、落下傘兵を降下させていく。これと併行して、爆弾投下器から人間と人間の中間を狙って、兵器梱包が順序よく投下されていく。

兵器梱包用落下傘は、内容物に応じてそれぞれ赤、黄、緑に染められている。

人間を吊った純白の落下傘を点綴《てんてつ》して、これらの赤、黄、緑の落下傘が交互に入り乱れ、まばゆいばかりの強烈な陽光を浴びて、空を覆って降下してくる。まさに大空に織りなす錦繡《きんしゅう》であり、一幅の豪華絵画である。

だがそんな感嘆はほんの一瞬。私は一〇数メートル離れた地点に投下されたファイバーの梱包の土手ッ腹に、大きく1（一中隊用梱包の符号）と書いた兵器梱包へ飛び着いた。

中隊付の仙野兵曹長と伝令の段一水も、いち早く私のところに集結し全武装を整えた。一望草原の湿地帯。双眼鏡を取り出して捜索するも敵影らしきもの一兵も認めず。

前衛隊は、着々と私の周囲に集結して、敵の方向に機銃を構えた。味方戦闘機の機銃掃射はなおも続けられている。

二〇〇メートルほど離れて大隊本部が降下した。

敵の抵抗はおろか、敵影さえ認められない。ひょうし抜けのしたような一瞬だ。

全員無血降下完了。各隊戦闘隊形を組んだまま集結を終了し、獲物を狙っている格好。

「第一中隊は前衛となり、本隊の前方二五〇メートルを警戒前進すべし」

福見部隊長（内地帰還直後戦病死）から、進撃命令が発せられた

ジャングル内の激闘

空中偵察の航空写真も、機上から見た状況も、私たちの降下した場所は降下最適の平坦な草原であったが、着陸してみれば、膝を没する湿地帯であった。こんなところで敵の戦車隊にでも包囲されたら、それこそメナド降下作戦の飛行場での犠牲どころではなく、全滅の憂《う》き目《め》に遭わなければならなかったかもしれない。

（後日、現地踏査したところでは、海岸に近づくに従い、ますます湿地帯は深くなり、進退の自由を失ってしまう状況であった）

こんなところには、敵も布陣しておらず、幸い私の隊は全員無血降下に成功したが、大地に向かってしゃにむに投下した爆弾も、零戦の猛烈な機銃掃射の弾も、結果においては何らの効果もない、もったいない捨て弾であった。

なんて馬鹿々々しいことだという気持と、当てにしていた敵の抵抗もなく、気が抜けたような気持とが一緒になって、いま私たちが進んでいる場所も、敵地だかなんだかわからなくなってしまうような錯覚に、つい襲われる。型どおりの内地の陸戦演習にも似たすべり出しであった。

クーパン街道に沿って密林をかきわけながら、降下地点から一〇〇〇メートルほど前進した時、私たち前衛は再び開けた場所に出た。二〇〇メートルほどのこの場所のさきは、椰子の密集した密林がさらに奥深く続いていた。

この時、あらかじめ出してあった斥候《せっこう》が、前方三〇〇メートルの密林内に敵の仮兵舎を発見して、報告に来た。

「一小隊長が見当たらないが、どうかしたのか」

降下してから一小隊長の長嶺《ながみね》公元少尉の姿が見えなかったが、気の早い男だから、密林の先の方を進んでいるのだろうと思っていたが、いつまでも現われず、おかしいぞと心配になってきたので、私は斥候に向かってこうたずねた。

「一小隊長は、少し前に伝令二名を連れて、このさきの密林の中へ入って行きましたが、その後、様子がわかりません」

との返事。私は双眼鏡で先方の椰子林の中をさぐってみたが、内部は密林の繁みにさえぎられてそのさきは一向にわからない。

「密林の中に重擲弾《じゅうてきだん》を五、六発撃ち込んでみろ」

ヒューンと快音を発して、私の側から発射されていく。

ガーン！　重擲弾の炸裂音が、静まり返った密林の中にこだまする。さぐり撃ちだ。

「敵の反撃を待て」

だがなおも静まり返って、ネズミ一匹出てこない。密林にさえぎられて敵情まったく不明だ。

今頃は、我々のいる反対側のマリ岬には、味方陸軍の一個旅団と海軍陸戦隊の一部が、敵前上陸を敢行している頃だろう。そしてこれは、クーパン市街を攻略する予定である。

左前方に横たわるジャングルの丘を越せば、そのさきはクーパン飛行場のはずである。そしてそこまで三キロばかり。我々の任務は、クーパン飛行場占領にある。もたもたしてはおられない。

この頃、一小隊長長嶺少尉（作戦終了後、偵察飛行将校に転じ、サイパン島沖にて敵機動部隊を発見、燃料が切れるまで触接を続けて自爆）は、伝令二名とともに独断、敵仮兵舎内に強行偵察を行なって、数十名の敵に包囲されていた。

敵の至近弾が、長嶺少尉の股を貫通した。

「早く中隊長に報告しろ」

たおれながら、伝令に叫んだ。

「小隊長を捨てて行けません」

「本隊が危ない。俺にかまうな。早く行け」

十数名の敵兵が、密林の中で銃を構え、伝令の立ち上がるのを待ち構えている。伝令は涙をのみ、小隊長を捨てていくことを決心した。
ダ、ダダダダダ……。敵兵目がけて伝令は、ベルグマン短機銃をぶっ放した。先制射撃を沿びて敵のひるんだ一瞬、さっと囲みを破って飛び出した。
ダダダダダ……。敵の追い撃ち。バタッと伝令一名がたおれた。危うく囲みを突破して小林一水（次のババウ部落で戦死）が、私のところにたどり着き、状況を報告してきた。

「中隊付仙野兵曹長は、第一小隊長の職をとれ」

一小隊長が交代した。

「密林内の敵を強行突破して飛行場に向け、進撃を続ける」

「右より第一、第二小隊第一線、第三小隊は予備隊。道路左側の前方密林の前縁に展開。事後はこの戦闘隊形をもって、敵を撃破しつつ前進する」

　この展開命令のとおり、われわれ一中隊は、前方密林の前端に進出、展開を終えた。椰子林を透《す》かして前方一〇〇メートル付近に、敵の仮兵舎らしい民家が見えた。

　一小隊は、そのまま前進して、これに突っ込んだ。民家内に踏み込んでみると、敵は昼食の最中だったのであろう。コップにつがれているコーヒーはまだ生温かい。パンが、コンビーフが転がっている。

「敵はいま逃げたばかりだぞ」

　こんなことをいっている間に、中隊員が四、五名の濠州兵捕虜をどこからか引っ張ってきた。はじめて見る濠州兵だ。半ズボンにストッキング、半袖シャツという馬鹿に涼しそうな格好だ。長い脛《すね》を出して、これでは地面に伏せたときだいぶ痛そうだ。

　ここからさきは、現地人の民家がまばらではあるがずっと並んでいる。地図を開いてみるとババウと書いてあり、部落の符号が記されてあった。

「中隊長、ビールがあります」

　誰かビールの倉庫を発見して、私に知らせてきた。

「あまりビールを飲むな。酔っ払うぞ。敵さんのコンビーフぐらいで我慢しておけよ」

しばしこんな話を交わしているうちに、本隊も私の中隊のところまで進出してきた。

「訊問するから、さっきの捕虜を本部に連れて行け」

こうして、本部で捕虜の訊問をはじめた。私はキングス・イングリッシュで、会話の勉強など余りしていなかったので、あまり要領を得ない。

ダダダダダ……。

突然、左前方の山腹の密林の中から敵の機銃弾が飛んできた。

味方二小隊はただちにこれと応戦していった。

「中隊長、捕虜が逃げそうです。どうしますか」

「椰子の木にでもしばっておけ。まだききたいことがある。もし逃げだしたら撃ち殺せ」

右前方、密林を透かして、道路に添って敵兵が見える。一人、二人、三人……三十名ばかり、まだ後ろにも続いているようだ。この敵はまだ我々に気がついていないらしく、こちらに向かって歩いてくる。半ズボンに半袖シャツ、大きな縁の帽子をかぶり長い脛をしたやつだ。さっきの捕虜と同じく濠州兵だな……。敵との距離三〇メートルぐらいか。

一小隊の機銃が、これを目がけて火を吐いた。

ヒューン、シューン。

ダダダダダ……。今度は、正面から敵弾が私の身辺をかすめだした。

「敵は正面近いぞ。油断するな」

左方山手の敵と応戦中の二小隊の手薄の間隙《かんげき》をうめるために、子備隊の第三小隊を左第一線に展開した。

「第二小隊は、正面の敵を攻撃せよ」

二小隊は、すでに反撃をあびせている。

敵兵だと確認できる距離は、二〇メートルぐらいに接近しなければ駄目だ。密林に隠れて敵兵力不明。だが前面の敵はざっと四～五〇〇か。縦深配備のようだ。

我々は、この敵と四つに組んでしまった格好だ。

宮本績少尉（戦後戦犯として絞首刑）のひきいる第三中隊は、道路右側の椰子林内に展開した。私の第一中隊は、道路左側の山腹までの間にわたり敵と交戦中。大隊本部は、第一中隊の後方に展開。

兵力不明の敵と落下傘部隊の全兵力が、数十メートルの距離をへだてて密林をはさみ、ここに正面衝突の遭遇戦が展開された格好だ。

ヒューン、ヒューン……と音を発しながら、味方重擲弾が前面の敵を飛び越えて、その背後の敵に向かって発射されていく。
ガ、ガ、ガ……ガーン。その炸裂音が、密林内にこだまする。
だが、戦果の確認は不可能。

頭上を激しく敵弾がかすめる。シュッ！　この音は、命中弾か身体すれすれの弾だ。動いていた味方が動かなくなる。心臓を撃ち貫かれて声もなく戦死。

「ギャッ」

敵弾にたおれる、味方の断末魔の声。

「ウワー」

味方の攻撃を受けて、泣き叫ぶ敵兵。

「ヒュー」

口か喉をやられたのか、魂消《たまぎ》える最後の声。彼我の銃弾が密林内をからみ合い、耳を聾《ろう》するばかりの弾の音に混じって、敵味方の凄絶な断末魔の叫喚《きょうかん》。

「中隊長、高崎兵曹長戦死」

二小隊長の戦死を伝えてきた。平先任下士官（間もなく戦死）が、小隊長に代わった。

シュッ！　敵の狙撃弾が私の降下服を擦《す》る。

「中隊長、危ないッ！」

とっさに伝令の段一水（第一期研究員）が、私の前に立ちふさがった。

『かたじけない』と、私の心の中でしみじみと感謝した。

「敵の狙撃に気をつけろ。小隊長はマークをはずせ」

こういって私も、中尉の腕のマークをもぎ取った。

敵との距離五〇メートル以内。密林内いたるところから敵弾が雨と発射される。そして、ますます熾烈になるばかり。ババウ部落に突っ込んでからすでに二時間以上。その間に味方の前進距離は、わずか一〇〇メートル足らず。

ダダダダダ……。突然、私の頭をかすめて空から、機銃弾が敵の方へ飛んでいった。

「おやっ？」

見上げると、椰子林すれすれに飛行機が見える。日の丸の翼だ。

「オー、味方機だ」

フロートを着けた零式観測機だった。メナド戦の罪滅ぼしか、味方戦闘機の引き揚げたあとまでも、こうして我々に協力してくれるのか。気の毒だ。

「中隊長、空から通信筒が……」

こういって、手送りで通信文が私に渡された。

『空の神兵の健闘を祈る』と書いてあった。敵弾はますます激しくなるばかり。

「有効弾以外は、ぶっ放すな」

弾薬に制限のある我々は、密林内にやたらに発射することをやめねばならなかった。敵の奴は、どれも短機銃の腰溜め射撃で思う存分弾をバラ撒《ま》いている。うらやましいかぎりだ。

「敵を確認してから撃て」

たがその時はすでに、敵との距離二〇メートル以内に迫っている密林の中だ。一秒でも機《き》先《せん》を制せられたらこちらがやられてしまう。

「三小隊長戦死」

今度は、坂本兵曹長の戦死を報告してきた。

「高野先任下士官指揮をとれ」

私の第一中隊は、ここで小隊長全滅ということになってしまった。

「指揮小隊は正面に展開せよ」

ついに予備隊員を使い果たし、私も最先頭に出た。カーブしている道路の密林の陰から、突然敵装甲車が現われた。と、ガバと立ち上がって、単身これに小銃弾を撃ち込んだ者がある。一小隊の福永一水だった。

敵の機銃もこれに応戦してきた。

「この野郎！」

椰子の木陰から背後に回り、勇敢にも立射の姿勢で射撃を浴びせ、運転兵を射殺してこれに飛び乗った瞬間、密林内から福永一水に機銃弾が集中した。とっさに車上から応戦したが、ついに敵弾にたおれた。

主なき装甲車を挟んで、しばし彼我の撃ち合い。味方は前進して、ついにこれを味方圏内にひき入れた。道路右側に展開、攻撃中の第三中隊も数台の装甲車を占領した。

私の前方の民家に火の手が上がった。メリメリ、ビシビシと柱が音を立てて燃えている。敵が火を放ったのか。

「ナニくそっ！」

出兵曹が、手榴弾を振りかざして、飛び出した。瞬間、敵弾が彼の胸部を貫通してバッタリとたおれた。これに向かって敵弾が注がれる。たおれた出兵曹に、火の手が燃え移ろうとしている。だが敵弾にさえぎられて、一歩も前進できない。

「ウーン」
（ギャッ）
彼我のたおれる音。

「中隊長、家の向こうに敵陣が……」

この敵と真正面に相対して、四つに組んでしまった格好の一小隊長から、私に横の連絡がとどいた。敵弾は、一小隊にそそがれている。

椰子林と民家の陰にさえぎられて見えないが、私の右正面のこの家の向こうが敵陣だ。

「これから、家の向こうの敵陣に突撃を決行する。突撃用意」

宮近兵曹長以下指揮小隊が、私の周囲にジリジリと接近してきた。

「手榴弾の炸裂で、敵が頭を伏せたところに突っ込むんだ。ちょっとでも遅れたらこっちがやられるぞ」

敵は塹壕内にこもって頑強だ。白兵戦でなければ、いつまでも勝負がつかない。

「発火用意、打て」

各自の手榴弾が、一斉に雷管を衝《つ》いた。

シュ、シュ、シュ……。手榴弾の燃える音。

「投げろ」

手榴弾が屋根を越えて飛ぶ。
ガ、ガ、ガーン。味方手榴弾の炸裂音。「アッ、しまった」

投げ損なった味方手榴弾が一つ。屋根の棟に引っかかってこちら側に落ちてくる。コロ、コロ、コロ、と私の頭の一メートル前に落ちた。鉄カブトに全身を隠すように頭を一斉に手榴弾の方に向ける。鉄カブトの縁《ふち》のないのが運のつきか。肩がはみ出している。

もう炸裂だ。南無……。観念の眼《まなこ》を閉じた。一秒、二秒……。おやっ、炸裂しない……。不発弾だった。やれやれ助かった。僥倖《ぎょうこう》とはまったくこのことだ。

「もう一回やり直しだ」

「今度は、投げたらすぐ飛び込むぞ」

シュ、シュ、シュ……。一斉に手榴弾が火を噴いた。

「用意……」

「投げろ！」

手榴弾が、一斉に屋根を越えて飛ぶ。

「それッ！」

かけ声もろとも、私を先頭に、猛然とこの家を越えて、敵陣目がけて飛び出した。ガ、ガ、ガーン。味方手榴弾の炸裂で一瞬、目がくらんだようだ。敵も塹壕に頭を引っ込めた。

——この辺だ……。振り上げた私の日本刀の下に、敵の鉄カブトが見える。

敵弾がこちらに向きを変えた。ダダダダダ……。

私のすぐ後ろの、宮近兵曹長と入田一水の胸の真ん中に敵弾が命中し、二人は一瞬にのけ反《ぞ》った。

「この野郎」

一小隊が、間髪をいれず銃剣を振って一斉に飛び込んできた。

私の、敵の首への第一撃は失敗した。敵の鉄カブトの縁の幅が広すぎて、敵兵の身体がその下にすっぽりと隠れている。敵兵が小銃を構えようとしたとたん、鉄カブトからその首がチラッと見えた機を逃さず、サッと一閃、二の太刀が命中し、敵はガクリと壕内に崩れた（私は、この体験以後、第一撃は突きとおし、返す刀で首を切ることに腹を決めていた）。一小隊の安部兵曹が銃剣をふるって飛び込んできた。

向きを変えた敵弾に、一小隊の江藤兵曹がもんどり打ってたおれた。

「親の仇ッ」

誰かが叫んで、突きまくっている。味方の肉弾突撃に、敵はすっかり周章狼狽《しゅうしょうろうばい》し、陣地を捨てて逃げだした。それを追突する味方。

「ウワー」

敵の号泣の声が聞こえる。逃げ遅れた敵は、味方の姿を見るや。時計をかざして助けを求める、一瞬、味方の銃剣にのけ反《ぞ》った。

たちまちにして、敵陣は崩れ落ちた。今まで、味方を散々に悩ましていた敵の突角陣地だった。

この敵陣から前方は、五〇メートルほどの広場だった。

「危ないぞ、伏せろ」

塹壕に突っ立っている味方に命令して、この広場の前端に再び展開した。

前面の敵は退却したらしく、一時正面からの敵弾は鳴りをひそめた。

敵主力は、クーパン市街から我々のいる方向に退却中の気配が濃厚である。我々はこの退路を遮断して、敵主力と交戦していることになる。これをあくまで続ければ、肝心の飛行場占領を前に、我々は全滅を覚悟しなければならない。

あたりには、ようやく夕闇が迫りかけている。

飛行場占領を急ぐ我々は、敵主力との交戦を避けるため、左側の密林の丘上に進出し、ここから間道を抜けて飛行場の背後に向かうことにした。

部隊は、一時敵弾の閑散になった機をとらえ、急いで本部付近に引き揚げるべく、命令が伝達された。私の一中隊は、左側の密林の丘の入り口まで血路を開くことになった。

中隊はほとんど集結した。

「中隊長、右前方道路に敵が……」

一人、二人、三人……四、五十名ぐらい。

ダ、ダダダダ……。左前方の密林から、再び敵の射撃が開始された。

「我々の、戦場離脱の企図を察知したのかな」

むざむざ、引きさがるのもシャクだ。悔しい。だが今の場合、やむを得ないことだ。

元気者の、指揮小隊の山元二水は、軽機を持って突然飛び出して行った。

「さあ来い、濠州軍の田舎者め」

山元、しばらく頼むぞ。俺はこれから血路を開くから。私は心の中でこういいながら、一小隊に合流した。

ダダダダ……。

シュッ、シュッ。

敵弾が、またもや身辺をかすめだした。

一小隊の藤沢分隊下士官が、軽機をみずから振り回して、勇敢にもこの敵に応戦している。

「よしッ、今だ」

私は密林の丘の入り口めがけて、密林の中に飛び込んだ。あとに私の一中隊員が続いてくる。

ダダダダダ……。後ろの方で、彼我の機銃弾の音が交錯《こうさく》している。藤沢兵曹が殿《しんがり》をつとめて頑張っている。

私は右手に日本刀、引き金に指をかけて左手に拳銃を握りしめ、ジャングルをかきわけて行った。軽傷者には肩を貸し、歩行のできないものは背に負って、互いに助け合いながら進んで行った。重傷者はやむなく戦場に置き去ることにした。

こうして、ようやく、丘上にたどりつくことができた。すでに夜はふけて、密林の丘には一寸先も見えないような闇が、あたり一面を覆っていた。

元気者の山元二水は、ついに敵弾にたおれた。一小隊の大瀬良、溜池二水の二名は、味方の戦場離脱を知らずに、クーパン街道を敵の抵抗を排除しながら直進した。敵降伏とともに私たちが捜索に行ったとき、ババウ部落から、さらに一〇〇〇メートル以上前進した道路の側の椰子林の叢の中に、二人仲よく列んで軽機を敵の方向に向けたまま、冷たい骸《なきがら》となっているのを発見した。悲しくも健気な、尊い姿であった。

退却の敵主力がこれを発見したものと思うが、なんらの危害も加えてなかった。

なお後日、重傷者の話によれば、濠州軍の赤十字が日本軍兵士の重傷者にねんごろな治療を施して、そのまま立ち去ったとのことである。敵ながら、心からなる感謝の念を禁ずることはできなかった。

犬をあざむく仮死

真っ暗な密林の丘の上にようやくたどりつき、敵と離脱してここに生存者全員が集結を終わったが、クーパン飛行場占領が任務である私たちは、まだその任務を全然果たしておらず、ジリジリと焦躁の念に駆られるばかりであった。

だが、昼間の戦闘で甚大な被害をこうむった私たちは、飛行場攻撃に備えて、ここで一応陣容を整えてかからなければならなかった。そして、負傷者の応急手当て、兵器、弾薬の整備に取りかかり、また腹ごしらえをした。半日以上何も食べてなかったが、防腐剤の匂いがイヤに鼻をついて、せっかくの握り飯もあまり喉を通らず、ただ水ばかりが欲しく、また何よりもうまかった。

クーパン飛行場夜襲攻撃をやりたかったが、私たちの陣容立て直しに時間がかかるので、やむなくこれを諦めて、明朝未明を期して黎明《れいめい》戦を決行することにし、その部署を定めた。

昼間の戦闘で退却中の敵の主力と正面衝突をし、敵兵をほとんど一手に引き受けてしまった私の第一中隊は、被害がもっとも多く、小隊長全滅、兵力は半減という状況で、やむなく後衛となることにした。

この丘から目指す敵飛行場まで、あと二キロたらず、出発まではまだ間があった。ババウ部落に残してきた、重傷の長嶺少尉と四元三水のことが気にかかる。放っておけば、退却中の敵に無惨に殺されてしまうであろう。

そこで、伝令の段一水と指揮小隊の三、四名を連れて、これを収容するために私は密林の丘を下って、ババウの民家に接近していった。ここで敵と交戦し、私が死んでしまったのでは、肝心の飛行場攻撃を前に、中隊の指揮をとる者がなくなってしまうので、慎重に慎重を重ね隠密に忍び寄っていった。

カサ、カサ……。

敵兵か、野豚か。口に手拭をくわえ、息を殺してジッと敵仮舎の動静をうかがう。ババウ部落はシーンと静まり返って、ときどき犬の遠吠えだけがきこえてくる。一寸さきも見えないような密林の闇である。

「敵はいないのかな」

敵と戦闘するのが本意ではない。さとられたら一大事だ。

ガサ、ガサ、ガサ。またしても異様な音。しかも何かがこちらにやって来る。黒い陰が見える。気が気でない。

野犬だった。やれやれほっと一息というところ。だが、ここで吠えられたら万事休すだ。こいつァ、まずいことになったぞ——そう思いながら私たちは、草の中に伏せたままジッと呼吸《いき》を殺す。野犬が私のところで止まった。こうなったらしょうがない。小学校の読本で習ったことのある熊の例のとおり、死んだ真似をするよりほかに手はない。とっさにこんな考えが浮かび、噛みつかれたら大変なので、薄目を開けて、警戒しながら、私は死んだ風を装った。野犬が私の頭のさきから足のさきまで嗅いでいたが、そのまま立ち去ってしまった。

これで、ほんとうにヤレヤレというところだ。

道路上を透かして、昼間ぶんどった敵の装甲車が見える。付近に誰もいないようだ。私は拳銃の引き金に手をかけて、その横腹にピタリと張り着いた。

「落下傘」

小声で呼んでみた。装甲車の中で、ゴソゴソと音がした。

「落下傘」

もう一度呼んだ。

「落下傘」

と、今度は応答があった。

小隊長の長嶺少尉と四元三水だった。

バラ、バラとわきの叢から同行の味方が飛び出し、この二人を装甲車から降ろした。

「おい、早く、早く」

私は四元三水を背負い、これに私の拳銃を握らせて前方に銃口を構え、わきの叢に飛び込んだ。この二人は装甲車の中で、もし敵が来た時は、これと心中するつもりで、安全針を抜いた手榴弾を胸にしっかり抱きしめていた。かわるがわるこの二人を背に負って、私たちは再び丘の上の本隊に引き帰すことができた。

私たちの帰りが意外に遅かったので、私たちの安否を心配しつつ、部隊はすでに発進準備を整えて待っていた。

四元三水の肩部の負傷は、応急の三角布ぐらいではどうすることもできなかった。若年の四元三水は安心したのであろう。最後の水をうまそうにのみながら、そのまま息が絶えてしまった。

「総員、着剣」

部隊長の声なき声に以心伝心、全員が着剣した。そして四元三水に対ししばし〝捧げ銃〟の黙禱が続けられた
闇の中に、キラリと剣先が光る。

「さあ、敵飛行場に向け出発だ」

寂しい、寂しい、密林の丘の上であった。

飛行場はもぬけの殻

丑三時《うしみつどき》（午前二時）の密林は、寂としてまさに死の静けさである。草木も眠るとはこのことであろう。さんざ我々を悩ましていた藪蚊さえも、しばらく一匹も来襲して来なくなった。

昼間捕らえた四、五名の現地人に、飛行場の見えるところまで案内させることにして、これを先頭に立てた。私たちの歩いているところは、クーパン飛行場へ通ずる間道からだいぶ外れているらしく、ただ飛行場に向けて真っすぐに、野越え山越えしゃにむに突進して行った。

密林の繁みと暗闇にまぎれ、途中三名ほどの道案内の現地人が、地面を転がるようにして逃げ出してしまった。あっという間のことであった。ここで残りの現地人には綱をつけて、逃げないように隊員に引っ張らせた。

負傷者を背負ったり、あるいはこれに肩を貸しながら、負傷者を多数伴って進んで行かなければならない私の中隊は、密林の蔓草《つるくさ》や断崖にぶつかるたびに、これを突破するのに難渋《なんじゅう》し、ともすれば、本隊に遅れ勝ちであった。ただ、水だけがやたらに欲しく、水溜まりのある場所ごとに水を飲み、セロハンの水筒に満水した。

わずか二キロばかりの道程だと判断して、黎明前には飛行場に進出できるつもりであったが、途中、予想外の時間を費やしてしまい、飛行場の見える丘に到着した時はすでに遅く、夜は明けかけていた。ここで案内の現地人にキャラメルを与え、放してやった。隊員の誰かが突然悲鳴を上げた。その現地人に唇を吸いつかれてしまったのだそうだ。殺されると思っていたらしく、それがいま自由に放たれて、喜びのあまりのお礼のしるしらしい。

私たちは残念ながら、黎明戦の好機を逸してしまった。寡兵《かへい》軽装のうえ兵力半減の私たちは、昼間堂々四つに組んでの戦闘ではだいぶ歩《ぶ》が悪いが、今となってはいたし方なし。全滅覚悟で飛行場を強襲し、これを占領して死守するだけだ。

こんな腹を決めて、私は双眼鏡をかまえ、飛行場を捜索した。

穴だらけの滑走路の片隅に指揮所らしいバラックが一棟。飛行機は一機も見えない。殺風景な航空基地だ。これが、クーパン飛行場か。

朝もやの中に馬鹿に静まり返って横たわっている。敵影らしいものも一向に見当たらない。間もなく、味方斥候が帰って来た。

「敵兵を認めず、すでに友軍らしきもの出没す」

との報告であった。

すでにクーパン市街には味方陸軍部隊が、飛行場には当隊の中尾兵曹長の指揮する二個小隊の敵前上陸の隊が、それぞれ無血上陸ののち敵の抵抗を受けず、一挙に進出を終わっていたのである。

敵は味方の上陸作戦開始と同時に、全面的にクーパンを放棄し、チモール島の東半部ポルトガル領デリーに向け、クーパン街道を退却中であったのである。そして飛行場は、もぬけの殻《から》だったのだ。負傷者多数のため、福見部隊長から医務隊急派の要請電報が発信され、その日の正午頃、小切間軍医長（のち戦死）以下医務隊員を乗せた九六式陸攻が、穴だらけのクーパン飛行場に強行着陸を行なった。

クーパン飛行場警備

二月二十一日。第一次降下部隊が、もぬけの殻のクーパン飛行場へ突入したこの日、桜田中尉のひきいる第二次降下部隊約二百五十名は、早朝にケンダリー基地を発進して、正午近くに我々と同じ草原地帯に降下する予定で、すでにチモール島に向かっていた。

この草原地帯はババウ部落を経由して、ポルトガル領の東部チモール島に通ずる唯一のクーパン街道の沿道にあり、ちょうど退却中の敵の通路に当たっている。占領に引き続き、クーパン飛行場確保の任務を有する我々落下傘部隊は、いたずらにこの敵と交戦することは本意ではなかった。

「敵との交戦を避け、第二次降下部隊をクーパン飛行場へ誘導《ゆうどう》すべし」

この部隊長命令が発せられ、部隊旗手の上原兵曹が、二名の兵を伴ってこの任に当たることになった。

第一回降下実験の時代から、元気者で機敏な上原兵曹は、これまでの戦闘の疲れもいとわず、クーパン飛行場突入に引き続き、ただちに我々第一次降下部隊の進撃路を

引き返していった。退却中の敵中を横断し、しばしば敵と遭遇、交戦しながらも、つ

いに草原地帯に第二次降下部隊を迎え、これを誘導した。敵は続々とクーパン街道を

退却中であった。

クーパン飛行場に通ずる、密林の間道入り口で、退却中の敵と遭遇した。

おや？　密林の中から、日本語がきこえる。

「日本軍か？」

「日本軍なら頭を出せ」

と問いかけてくる。味方の一人が頭を上げたとたん、パラパラと敵弾が飛んできた。

「敵には日本語を話せる奴がいるぞ。油断するな」

そういって注意した。しばし密林を挟んで交戦は続けられたが、巧みに敵と離脱し

て、夕暮れ、飛行場に到着した。しかし、この戦闘で、樋口兵曹長（呉鎮出身）ほか

数名の戦死傷者を出した。

退路上空に当たり、日本軍の落下傘を認めた敵は、逃げ脚が鈍ったのであろうか、

我々がクーパン飛行場に進出した翌々日ごろ、味方陸軍部隊の主力に追いつかれ、無

抵抗で降伏するにいたった。

だがマリ岬に上陸、迂回《うかい》して敵の退路遮断に向かった陸軍の一個中隊は、第二次降

下部隊が降下した翌日頃、クーパン街道沿いの丘に陣地を構築して、敵主力の退却をはばんだが、窮鼠《きゅうそ》となった敵の戦車、重砲などの猛攻を受け、たまたま谷間に飲料水を求めにいった兵一二名を残し、中隊長以下全員戦死してしまったとのことである。

ある日、陸軍の参謀がわれわれの福見部隊長のところにやってきて、

「海軍落下傘部隊が、敵主力と交戦していながら、なぜ、そんな大事な情報を陸軍に知らせてくれなかったのか。無血上陸した陸軍は敵のいないクーパン市街でどうもおかしいと思いながらも、敵情がわからずにのんびり休んでいたんだ」

こういう意味のことを語ったそうだが、それはこちらもいいたいところだった。大体において連絡をする方法がない。海軍部内でこそ、無線連絡はきわめて重要視し、また無線兵器も相当進歩していたが、陸軍部隊の方は海軍とは全然考え方が違い、海軍の通信屋（専門士官）にいわせると、陸軍の無線通信などは子供だましの幼稚なものだそうで、私たちもそう考えていたから、対陸軍の無線通信は、当初から全然期待していなかった。

メナド降下作戦の飛行場殴り込み戦闘こそ、このクーパン飛行場に試みるべきであったと、私自身も結果的に考えてみたが、そんなことはあとの祭りの気休めに過ぎ

ない。大体において敵は抵抗の意志がなかったのだ。その退路を遮断すれば、窮鼠かえって猫を噛むことになるのは当然であり、その窮鼠と戦ったのがクーパン降下戦闘の真相であった。私の苦心談のお粗末でもある。

過ぎたるは及ばざるがごとしとか。

それよりも陸軍ゆずりのオンボロ兵器でなくて、密林戦に有効な軽便な自動火器と、陸戦用小型軽便無線機の優秀なもの、欲はいわないから当面この二つを一刻も早く完成すること。これが次の私たちの戦闘においてより有効な戦果を挙げ、引いては作戦目的にそうものと思った。

戦は勝ちたい。否《いな》勝たなければならない。そのためには私たちの希望なり要求がある。その細かなものがこれだ。戦いは真剣だ。真面目に戦わなくてはならない。そして前進の一途あるのみだ。

敵の残していった四〇ミリ対空機銃が手に入ったので、さっそく試射してみると調子がよかった。弾薬も相当期間使えるだけあったので、私たち固有の二〇ミリ対空機銃の代わりに、これを使って飛行場周辺に八個の対空陣地を構築した。

設営隊が敵前上陸部隊と一緒に、早くも進出を終えて、飛行場の設営にとりかかり、数日の間に使用可能となった。

夜になると敵のロッキードが、濠州本土から数編隊で飛来しては爆弾を投下していった。私たちは四〇ミリ機銃でそのつど応戦したが、射程がとどかず、ただ私たちの気休めの射撃に過ぎなかったようだ。その代わり敵の爆弾も、滑走路にはあまり命中しなかった。

第三航空隊の戦闘機が、間もなく進出してきた。

昼間は、一、二機のロッキードが来襲する程度であったが、私たちの眼前でことごとく味方零戦の好餌《こうじ》となっていた。

今度は敵機は超低空で来襲するようになり、必ず陸地の方から進入してきた。地平線に敵機を認め、ただちに零戦が発進準備にかかるのだが間に合わず、敵に一杯食わされることがしばしば起こった。

そこで敵の進入路に当たり、飛行場から、二〇〜三〇海里（約三七〜五六キロ）離れた地点に対空見張所を設置することになり、私たちの隊からブラインという部落に、二個分隊ほど派遣し、ここから無線で敵機発見を伝えることにした（当時、電探はなかった）。

ある日、この見張所に向かう一小隊の高野先任下士官が、部下数名とともに山地にさしかかったところ突然現地人の襲撃を受けた。

高野先任下士官は、とっさに日本刀で薙《な》ぎ払ったところ、みごとに首に命中して首が宙に飛んだ。びっくりしたあとの連中は、クモの子を散らすように逃げてしまったが、この事件があってから、高野先任下士官は、現地人から英雄のように尊敬されるようになった。

ブラインに見張所を設置してからは、ほとんど敵機の奇襲をまぬがれるようになった。

味方中攻隊が進出して、濠州本土のポートダーウィン爆撃が開始された。零戦隊もおなじく攻撃に加わった。かくして、クーパン飛行場は濠州本土爆撃のための重要航空基地となっていった。

第五章　戦機を求める落下傘部隊

戡定作戦、再編成

セレベス島メナド、チモール島クーパンにそれぞれ降下作戦を行なった落下傘部隊は、引き続き、付近島嶼の戡定《かんてい》作戦命令を受けて、数ヵ月にわたり島々を転戦した。

メナド組の堀内部隊は、セレベス島ミナハサ地方のロンボーケン、トンパソなどの掃蕩戦を行なって多数の捕虜を得たが、佐々木上水（第二期研究員）ほか、味方の犠牲者も出した。

ダバオ飛行場守備のため派遣された二中隊一小隊は、敵の猛爆下に対空戦闘中、甚大な被害を受け、及川小隊長（第二期研究員）は軍刀を握った右手だけを残し、木端《こっぱ》微塵《みじん》に吹き飛ばされた。そして島上水（一期研究員）、嘉住、後藤上水（二期研究員）ほか戦死傷し、ほとんど全滅に瀕した。

十七年四月下旬、セレベスより転進、小スンダ列島の戡定作戦に向かい、五月、全列島のロンボク、スンバ、スンバワ、フロレス各島に上陸し、目的を達成した。

クーパン組の福見部隊は、チモール島周辺の戡定作戦終了後、十七年五月頃、バンダ海の北方を扼するアンボイナ島に転進、これより、ケイ、アル、タニンバル各諸島に上陸して、これらを戡定した。

当時、ニューギニア、ソロモン諸島方面は、彼我の激闘が続けられ、内南洋方面所在海軍部隊は、これに出動して防御手薄の状況になってきたので、十七年九月頃、さらにマーシャル群島ミレ島に転進し、臨時の防御に当たった。

かくして、十七年末頃、内地に帰還して、整備、訓練の上、本来の任務に従事することになった。内地帰還後旬日にして、福見部隊長は、日華事変、上海戦以来今次の南方作戦に至るまでの過労と、現地での医療設備不備のため、海軍病院においてついに戦病死した。

両部隊の兵は、さらに専門教育を施すため、館山海軍砲術学校へ入校させ、私も教官配置となって、対空、陸上戦闘教育をミッチリと身につけることにした。

明けて昭和十八年三月、落下傘兵の館山海軍砲術学校教程終了を機に、両部隊合併して落下傘部隊を編成し、横須賀鎮守府第一特別陸戦隊と称した。新たに一部兵員を補充し、部隊長として唐島辰男少佐（兵学校五十六期）、副官として村山龍二大尉（私と同期生）を迎え、約千五百名が、神奈川県久里浜の仮兵舎に勢揃いを終了した。

降下訓練は、千葉県木更津海軍航空基地に進出してこれを行ない、訓練するかたわら即時出動にも備えていた。

開戦直前、館山航空基地における降下訓練では、不慮の不開傘事故が発生し、犠牲者を出していたが、これの対策のいとまなく、そのままの落下傘を携行して出動したのであったが、その時の我々の強い要求と、今度内地帰還後、当局者および我々の研究努力などの結果、従来の一式落下傘に改良が加えられて、内嚢《ないのう》式（付章「落下傘と落下傘降下」参照）となり、新たに一式落下傘特型と称するものが、藤倉航空工業会社にて製作され、我々に装備されるようになった。

この落下傘による訓練では、負傷者はやむを得なかったが、不開傘事故による犠牲者は、一名も出さなかった。

過ぐるメナドおよびクーパン降下作戦の時は、兵科にのみ降下訓練を施しただけで、その他の主計隊、医務隊、運輸隊、および工作隊は後続部隊と称して、これには降下訓練を施してなかった。

ところで、メナドおよびクーパン戦の体験から、従来の教え方、やり方は間違いであることを発見した。クーパン戦では、私も負傷者を背負って歩く始末で、このために負傷しない元気な者までが、本来の戦闘任務に専心できえない状況を現出して、戦闘というものは、各科の総合戦力を十分に発揮し得るようにしておかなければならないと、しみじみ感じさせられた。

またこのほかに、落下傘兵とそうでないものの精神的な対立があり、部隊統制上面白くないことがあったのも見逃せなかった。

そこで、今後は各科とも部隊全員を降下させることにし、いわゆる後続部隊と称した兵科以外の各科の配員も、これに適合したものを採用することにした。携行降下する我々の兵器にも改良が加えられた。

メナド、クーパン戦では、携行降下し得るものは、拳銃、手榴弾ぐらいであって、それ以上の長いもの、例えば小銃、軽機銃の携行降下は、そのままでは不開傘の原因となり、きわめて不便かつ困難であった。

クーパン戦では、一部軽機、重擲弾筒を携行降下したが、これも、不便を忍んだ、一時の間に合わせに過ぎなかった。

今次開戦前に、我々が口をすっぱくして、お百度を踏んで要求したのだったが、陸戦兵器は、大部分海軍の大砲と交換に、陸軍から譲り受けており、海軍にはさし当たり製造工場がなく、改良の具体案まで添えた我々の要求も、ついに実現されずに出動してしまったのであった。

これらの要求がやっと通って、今度ようやく、我々が待望していた折り畳み式、携行降下用兵器が支給されるに至った。すなわち、小銃は、薬室のところで、はめ込み式になっていて、これを二つに容易に分離し、またはめ込むことができる。軽機は、銃架《じゅうか》の部分が、二つに折り畳めるようになって、銃身と銃架を分離すれば、小さく二つに分けられる。

我々が、訓練時応急用として、胸部に装着する予備落下傘の中身を取り出して、その代わりに、これらの兵器を折り畳んで格納すれば、容易に携行して降下することが可能である（実際には、右の方式で、別に兵器格納袋を製作してもらった）。

アッツ島を見殺しにするな

再編なったわれわれ落下傘部隊は、久里浜に駐屯して木更津海軍航空基地に進出し、即時出動の準備と決意を怠りなく、降下訓練と陸戦訓練に、真剣かつ多忙の日を送っていた。

私は第一中隊長の職にあったが、部隊の降下訓練指揮官であった関係上、ほとんど木更津に頑張っていた。その頃、ニューギニア、ソロモン諸島方面では、島嶼《とうしょ》、要点の争奪をめぐって、彼我の激闘が続けられていた。過ぐる十七年八月、ツラギをはじめに、ガダルカナル島に敵上陸以来、味方陸海軍は消耗戦を続け、この十八年二月には、ほうほうの体で最後のガダルカナル島転進を終えたばかり。物量をたのむ敵の反抗は本格的となり、味方は守勢に追い込まれつつあった。

ニューギニア、ソロモン諸島方面の南の最前線の戦局は重大段階に達し、今後容易ならざる事態に当面しなければならないことが、これまで華々しい進攻のことしか考えなかったわれわれ青年士官にも、重苦しい責任感と一緒に、感得されるのであった。

五月十二日、突如米軍がアッツ島に上陸を開始した。南北両方面よりする敵の反撃に、戦局はいよいよもって、ただならぬものが痛感される。

アッツ島守備隊は孤立の状況である。これを取られては北辺の守り危うきかな。それにもまして、アッツ島の守備部隊を見殺しにすることは、広大な作戦区域にわたる、前線各地の守備隊の士気に影響すること甚大である。

味方全軍の士気向上のために、アッツ救援を兼ねて増援部隊を派遣すべく、大本営、軍令部の意見がまとまり、陸軍五百、海軍三百の連合落下傘部隊を、海軍の一式陸攻をもって急速に派遣することになった。

少数兵力をもって、アッツ島守備部隊救援の目的を達成するためには、一騎当千の精鋭が必要であった。そこで唐島部隊長により、部隊の編成にとらわれることなく、全隊員中から最優秀者三百名を選出し、私が指揮官となって自ら海軍白菊《しらぎく》部隊と称し、北方作戦準備、訓練にただちに着手した。ほとんど下士官ばかりの、打てばカンと響く最精鋭であった。

北海道千歳《ちとせ》海軍航空基地から飛び立つことになっていたが、これからアッツ島までの距離は一式陸攻の航続距離いっぱいで、しかもこの島の上空には霧の立ちこめることが多く、風速も二〇メートルぐらいはあるとのことで、搭乗員も落下傘兵もともに還らぬ片道行の特攻として、悲壮な決意を固めていた。

我々はこの作戦命令を受けて以来、秘密保持のため外出を禁止して、鋭意、降下、陸戦訓練に精進した。

この頃、潜水艦の砲術長をやっていた私の弟秀平（兵学校六十八期）が、ソロモン海戦の激務から熱性症、そして胸部疾患に冒《おか》され、久里浜に近い野比海軍病院に入院して、死に瀕していたが、公務に忙殺されたのと、私事は極力後回しにする当時の心境から、ほとんど見舞いにも行かなかったが、アッツ島に突っ込むに先立ち、訣別《けつべつ》を兼ねて一日病院を見舞ってやった。

彼は私の壮挙を聞いて非常に喜び、やせこけて死を待つばかりの身体を仰向けに伏せたまま、か細いが力ある声で、私を激励してくれた。

私が降下訓練のため木更津に帰って数日後、弟の死亡の電報に接した。急いで駆けつけた時は、すでに冷たい骸《むくろ》となって、顔にガーゼを掛けてあるだけで、やりっ放してあった。私は、部隊員の好意と協力の下に、手厚くこれを葬ってやった。

最愛の弟を失った。さびしいことだ。だが俺はこれまで、大事な兵隊が死んだのを見て、ひそかにいくど泣いたことか。今はもう流す涙も枯れてしまった。否私事に泣いてはいけないのだ。この上は、貴様の仇はきっと俺がとってやるぞ。そしてあとしばらくしたら、俺も貴様の傍に行くぞ。こう心に鞭打って、私は悲しさをまぎらわした。

太平洋戦争の必勝と祖国の安泰のみを祈りながら、寂しく死んでいった弟の、数日前の澄み切った真っ黒い瞳が、私が傍にいると安心し切ったような、そして幸福そうな目が、尊く、強く私の胸に焼きつけられた。

気の毒なことをした。もっと見舞ってやればよかった。だが、戦争は、公務は、指揮官の立場は、自らの心が、それを許さなかったのだ。たとえ私の時間に私の金で、私が酒を飲んだとしても、越えてはならない公事と私事の限界が、理論を越えて厳然と存在していたのだ。軍紀というものが、帝国海軍精神というものが――。戦というものは、寂しいものだ。

私の弟と同じように、清純無垢《むく》の精神で死んでいった若者は枚挙に暇《いとま》がないのだ。

我々白菊部隊を運ぶ中攻が、木更津海軍基地に集結し、我々も出動準備を整えた。しかし、時すでに遅かった。アッツ島の味方守備隊は玉砕してしまった。我々のこの作戦ぐらいで現戦局を挽回《ばんかい》し得るものではないとの大本営、軍令部の判断とアッツ島への落下傘降下が、強風、煙霧、長距離の悪条件に阻害されて、技術的にきわめて困難であると判断されたためか、我々がいたずらに悲壮な気持になってキリキリ舞いをさせられただけで、ついに作戦取りやめということになってしまった。

落下傘とは忍《しの》ぶことなり、と我々より一日の長ある、ドイツ落下傘部隊の隊長が語った本を見たことがあるが、いつまで忍べば、我々は再び降下作戦に出してもらえるのか。

血気にはやる我々落下傘隊員の一部から、こんな嘆息と不平が漏れてくるのをいかんともなし難かった。

南海の孤児、落下傘部隊

ニューブリテン島ラバウルを基地とし、ソロモン諸島方面の南の第一線は、ますます、熾烈《しれつ》の度を加えつつ、航空戦に明け航空戦に暮れていた。そして相次ぐ消耗戦に、味方航空機と搭乗員の不足が目立ってきていた。

内地では、航空機の生産と搭乗員の養成に、大童《おおわらわ》になっているようだったが、敵の驚くべき補給力と、急テンポな進攻速度の前に、味方第一線の要求に応ずべく、あまりにもそのへだたりは大きかったようだ。そしてこのために敵の反攻作戦に応じ、いくたの作戦計画が樹てられてはいたようだったが、いずれも戦機を逸して、実現することはできなかった。

さきにアッツ島救援のための降下作戦も、取りやめになった。それに引き続き、ニューギニア島における味方の一大反撃作戦に呼応して、制空権獲得のための天目山ともいわれていた、ニューギニア島を縦走するスタンレー山脈の分水嶺に点在する、敵側の砂金回収用の飛行場奇襲降下作戦の話も持ち上がったが、時すでに遅く、ニューギニア島の大勢も決したかに見えていた。

昭和十八年九月。

こういう情勢の下、久里浜に駐屯訓練整備を終えた落下傘部隊は、桜田隊、宮本隊の二個中隊を当局のたっての要求に基づき、外南洋に近い絶海の孤島、ナウル島守備隊として分派し、主力部隊三個中隊、速射砲隊、通信隊、医務隊、運輸隊、工作隊、主計隊の合計約九百名は、唐島部隊長直率《じきそつ》の下にマリアナ群島サイパン島に進出した。

我々のサイパン島進出の目的、経緯《けいい》などは大体つぎのようなものであった。

すなわち我々が作戦、作戦と軍令部へ詰めかけるので、サイパン島に進出しておれば、南方前線のどこへでも容易に出動できるからということで慰められた。それに降下訓練中、万一殉職ということも考えられるので、ここで訓練待機しておけば、その場合も戦死の取り扱いができるということ。そしてサイパン島には、内地とちがって今なお砂糖や果物が多く、隊員も喜ぶだろうということ。いわばわれわれ落下傘部隊を優遇する意味にもなるし、軍令部としても内南洋の防衛上心強くもあり、どちらも都合がよいだろうということだった。

私は、例によって降下訓練指揮官の立場にあったが、サイパン島に進出してから、我々を運ぶ肝心の輸送機は、待てど暮らせど降下訓練用のただの一機さえもやって来なかった。

南方最前線への武器弾薬の輸送に追い回されていた輸送機隊は、全機使い果たしてもなお追いつかない状況で、我々降下部隊にさく飛行機の余裕は、ほとんどなかったのである。

我々はサイパン島中部西岸の水上基地と、島の南部にあるアスリート飛行場の宿舎に駐屯して、もっぱら陸戦訓練に従事していたが、アスリート飛行場にはときどき翼を休めていく内地と前線を往来する大型機のほかは、常時はただ一機の姿さえも認められなかった。

オッチェ島などのマーシャル群島方面の孤島に散在していた搭乗員たちが、二式大艇で各地から拾われてこの島の水上基地に集結し、逐次内地へ輸送されていた。

この貴重な搭乗員を載せた二式大艇が、離水の時のジャンプが大きく、このために哨戒用の六〇キロ爆弾が爆発して、人間もろとも吹き飛んでしまったこともあった。

完全に手足を奪われたわれわれ落下傘部隊員は、敵の来ないサイパン島で髀肉《ひにく》の嘆に苦しむ日が続いた。

ブーゲンビル島沖航空戦に引き続き、十八年十一月末、マキン、タラワ島に米軍が上陸するも出動命令も下らず、手足を奪われてただ拱手傍観《きょうしゅ》するのほかなく、われわれ落下傘部隊は、すでに第一線部隊より脱落していったのである。当時の状況と航空機の不足が、我々を南海の孤児としてしまったのである。

もはや戦いは搭乗員だけの戦いの感があり、そして搭乗員と航空機の不足が我々にもわかるのであった。受け身の現戦局の頽勢《たいせい》を立て直すためには、なによりも航空機と搭乗員が必要であり、そのためには時間が必要であった。

敵の進攻を鈍らせる手はないか

死闘をくり返す南の第一線の激戦も、迫り来る明日の運命もよそに、ここサイパン島では、毎日のどかで平和な日が続いた。ときどき、翼を休めていく一、二機の飛行機のほかは、いつもは機影すら認められない閑散なアスリート飛行場が、南洋の明るい太陽に照り映える紺碧《こんぺき》の海を見下ろして、島の南西部の緩やかな丘陵の中腹に、いかにものどかそうに広がっている。

アスリートから海岸伝いに自動車道路が走り、チャランカ、オレアイ街を経て、サイパン島の中心地であり島内では唯一の繁華街であるガラパンの町に出る。この町には、南洋支庁をはじめ南洋興発の社宅、邦人の住宅および商店、飲食店などがならび、内地の風景が見られるのである。

砂糖の豊富なこの島では、内地よりずっと物資の豊かさを感ずることもある。

我々落下傘部隊は、まもなくこの島の虎の子として、在留邦人に可愛がられるようになった。そして国防婦人会やその他の諸団体の慰問演芸を受けたり、部隊と在留邦人合同の運動競技会などを催したりして、この島の住人に親しく融けこんでいった。

パイナップルや、鶏の水たきで飲むサザンクロース（砂糖黍《きび》から製造したウイスキー）の味は、我々を楽しませ、元気づけてくれた。当時の日本の現状では、この島はまさに南の龍宮とでもいっていいような、楽土に感じられるものがあった。

こんなのんびりした雰囲気の中にあって、この島にある南雲忠一中将を長官とする中部太平洋方面艦隊司令部の話では、この島には敵はこないとのことだった。

ソロモン諸島を次々と占領して北上中の敵は、次はラバウルを衝いて、あるいはその余勢を駆ってトラック島にもその矛先《ほこさき》を向けて来るであろうというのが、連合艦隊司令部の判断らしく、そのためにこの島の防御用に送られてきた水上砲のみならず対空砲までも、トラック島へ、そしてラバウルへと、有無をいわせず優先的にことごとく運び去られていき、この島の重砲の守りは皆無に近い状態となっていた。

春夏秋冬の訪れは、人間の情操を豊かにし、また過去の思い出をたどるよすがともなるが、四季の区別のない南国で（敗戦後、今頃の世の中は変なことをいうと、すぐその言葉尻を捕らえて攻撃されるのでちょっと断っておくが、仔細《しさい》に観察していると緑一色の南洋の樹木の葉も、四季のうちほんの旬日の間、なんとなく元気なく黒ずんで、しおれる一瞬を見いだす。内地の落葉に似たものだろう。だが人間の印象には残らない）、一年以上も生活していると克明《こくめい》に日誌でもつけていない限り、過去の記憶を喪失しないまでも、過去の事件から時という要素が抜けてしまい、とかく前後が混同して、正確な記憶を取り戻すのに困難を感ずるようになってくる。

これの嵩《こう》じたものを、南の前線で戦う者の間では南洋ぼけといっていた。

少しぐらいの皮肉などいわれても、すべて善意に解釈して、ただニヤニヤ笑っているようなお人好しもあるし、また少々の敵弾などものの数ではなく、危険に対する感受性までが鈍ってきているようなものもあるようだ。

昭和十八年もまさに暮れんとし、毎日髀肉の嘆に苦しんでいた我々落下部隊も、この島の人々同様だんだん南洋ぼけになってきたようだ。だが、じりじりと守備に追い込まれつつある頽勢の戦局を考えるとき、心あるわれわれ部隊員の髀肉の嘆は苦悶に変わっていった。そしてついに、軍令部へ作戦督促《とくそく》の陳情使を送ることとなり、私が選ばれて内地に飛んだ。

しかし、当分の間お前の隊は作戦に使う当てがないとの素っ気ない返事で、がっかりもし、内心シャクにも触ったので、東京の水交社に数日泊まって、毎日交渉に通うことにした。

この頃では、国民も戦局のことが心配になっているのだろう、水交社の食堂へ夕食を食べに出かけて椅子に坐っていると、コック長以下数人のコックが、日焼けして南方前線帰りと一目でわかる第三種軍装姿の私の傍へ来て、いろいろと質問をしてきた。

要点は、日本はこれから大丈夫でしょうかということだった。まあ大丈夫だよ。俺も二、三日後、また前線へ引き返すから、敵さんやって来やがったら、うんと暴れてやるから心配するなという意味の返事をしてやった。

そのかわり、あれを頼むと、左眼をパチパチさせると、コック長は小声で、ここは佐官以上が大部分で、それにもほとんど酒は出さないことにしてありますから、あなただけに内緒ですよと断って、当時大尉（満二十六歳）の若造の私に、ついに一升ばかり出してくれた。

その好意に涙が出るほどうれしかったが、国民も戦局をこんなにも心配しているのだと思うと、責任感で胸がいっぱいになるのを感じ、また飲んでしまってから、まことに申しわけのないことをしたと後悔の念が湧いてきた。

それからまた軍令部で、交渉を続けた。飛行機がないので、降下部隊を使うこともできないし、今の戦局では降下作戦の当てもないとの依然として同じ答えだ。私は、

「この大事な戦局において敵の来ない平和な島に、千人ものあたら精鋭を遊ばせておくのは、まったくもったいないことです。使う当てもなくて、一体なんのために落下傘部隊なんか作ったんです、私なんか、海軍ではなくて、ただ落下傘だけにこの青春を賭けて取っ組んでいるようなものなのに。それが使ってもらえないとすれば、なんのために犠牲者を乗り越えてまで訓練しているのか、わからなくなってしまうではありませんか。どうせ使わないものなら今からでも遅くはないから、落下傘部隊なんていい、気の利いたものは、解散してしまったらどうですか」

私はこんな反問をぶっつけてみたが、まあまあ、そうあわてるなとなだめられた。お前にはまだわからないが、部隊というものは、そう簡単に作ったり解散したりできるものではない。これにはおそれ多くも天皇陛下の裁可《さいか》が要るのだ――と教えられた。

それなら、私が天皇陛下のところへ行ってきます、といおうと思ったが、この上は水掛け論になると思ったので、やめた。そのかわり何か面白い仕事を下さいと迫って、

いろいろと戦局のことを聞かされた。

軍令部の作戦計画など、私ごとき若輩にわかるべくもなかったが、ソロモン諸島を北上しつつある敵の進攻を食い止める方法が、いろいろと研究されているようだった。そして、航空機生産に時をかせごうということだったようだ。

今次大戦中、英国にレンジャーおよびコマンド部隊と称する、少数精鋭の奇襲部隊があった。この部隊は、敵の服装を装ったり、あるいは顔や手を真っ黒に染めて暗夜に行動するなど、あらゆる手段を講じて戦線を拡張し過ぎたドイツ軍占領の手薄を狙って、欧州大陸西岸のドイツ軍占領地に潜り込み、港湾司令部、発電所、電信所などを片っ端から奇襲して、ドイツ軍の神経を疲れさせ、少数兵力をもって相当の戦果を挙げていた。

ソロモン諸島を北上進攻中の敵は、そのテンポが急速のため、既占領地にまでは防御の手が回らず、敵の背後は、爆弾、燃料などを山積みしたまま、やりっ放しの状態であったようである。

レンジャー、コマンド部隊にならい、この敵の背後を奇襲攪乱《かくらん》してその神経を疲れさせれば、敵の進攻速度は少しでも鈍るであろうし、そうして時をかせいでいる間に、航空機の生産に拍車をかけることが可能であろうとの話で、作戦急を要することであり、降下部隊の兵力を割くのはもったいないが、さし当たり訓練整備の完成しているサイパン島のわが部隊から一隊を編成し、他は内地において別途、編成訓練することに話がまとまった。

そしてこの隊は潜水艦をもって輸送し、隠密裡に敵地に上陸して敵を撹乱するという方針の下に、さっそく編成装備を急いだ。編成装備は、我々降下部隊固有装備のほかに、時限式の爆弾および焼夷弾、それに南方に棲息する鳥の啼き声を発する特殊号《ごう》笛《てき》が、新たに追加された。

海に潜る落下傘兵

サイパン島へ引き返した私は、唐島部隊長と相談してさっそく、この潜水艦奇襲部隊の編成に取りかかった。しかし部隊の士官の中には、今後なお降下作戦の機会があるはずだから、そんな地味なドン亀（潜水艦を俗にこう呼んでいた）作戦なんかに出るよりも、あくまで落下傘部隊で頑張るんだという者が多かった。

私とても、研究の第一歩から苦労して育ててきたこの部隊には、誰にも負けない、愛着の情を持っていたが、この戦局ではとても降下作戦なんか期待できないし、そして結果において使ってもらえなくなるのではないかと深刻に感じていたので、この辺で落下傘部隊を諦めて、とにかくドン亀でもなんでもいいから、作戦のできるような部隊に行こうと決心を固めてしまった。

一方、部隊員の中でも、この作戦のあることを聞いて、ぜひ連れて行ってくれと私に申し込んでくるものも少なくなかった。何もそんなにあわてて死にに行く必要はないではないかなどという陰口もあったが、見解の相違だから議論の余地はない。

ところで私の中隊付の仙野少尉は、銃剣術五段練士で、オール陸海軍対抗で、決勝戦まで行った猛者であり、日華事変からの歴戦のベテランでもあったが、いつもいい意見をいってくる。私も陸上戦闘は太平洋戦争になってからはじめてのことなので、極力彼の意見を採用して実行に移していった。

彼は、南方では夕方蚊帳《かや》を吊る前に、必ず宿舎の床下で焚火をし、床下を燻《いぶ》して蚊を追い払った。また宿舎の風上側の植木や藪を切り払った。お陰で他の隊にくらべ、マラリア患者が非常に少なくて戦闘力の維持に大いに役立った。また、

「中隊長、前線では絶対に宿舎を飾ったり、調度類を持ち込んだりして内地なみに住みよくしてはいけませんよ。こういうことをすると、一ヵ所での駐屯期間が長く続く

ときは、次に前線に出動するのを億劫《おっくう》に思うようになって、士気が退嬰《たいえい》する要因ですから」

こう私は教えられていた。サイパン島のわれわれ降下部隊も、そろそろこの教訓を実行に移す時期にきていると私は内心考えていた。

降下訓練そのものにも、またそのことがいえるのだ。古来いくたの英雄も、〝治にいて、乱を忘れず〟の教訓を全うすることは容易なことではなかった。いわんやあまりに制度が整い、往々マンネリズムにも陥らんとする傾向を多少たりとも持っている我々、帝国海軍という有り難い、大きな懐に抱かれている我々凡人においておや。

しかしその懐もあまり当てにはできないぞと、降下実験研究以来、比較的多く上層部と接する機会に恵まれていた私は、なんとなくそう感じられるものがあった。

かくして志願者の中から、落下傘部隊旗手の上原上曹ほか十数名の百戦錬磨の腕利きをひっこ抜き、主に私の第一中隊を基幹として、本隊より分離独立、佐鎮一〇一特別陸戦隊を編成した。昭和十九年一月十日であった。

これとともに内地では、館山海軍砲術学校を基地として呉鎮一〇一特別陸戦隊（のち剣作戦部隊、指揮官山岡少佐）、少し遅れて佐鎮一〇二特別陸戦隊（指揮官、常盤大尉）が編成されつつあった。

この潜水艦をもってする奇襲部隊をS特部隊、この作戦をS特作戦と呼称した。内地からさっそく艦政本部の技術士官がサイパンに来島し、時限式爆薬および焼夷弾の実験がはじめられた。

この時限装置は、私の隊で使ったものは時計式ではなく、二〇立方センチぐらいの小さなケース内に一本の白金合金線があり、その先端に、雷管が付着していて、この線が切断されると雷管が作動するようになっていた。この線の切断は、われわれが目標を焼夷または爆破する直前に、ケースの中へ化合液をみたし、これによる白金線の化学変化によって行なわれる。従って時限はこの線の直径によって決定され、たしか一分、三分、十五分、三十分用の四種類ほどあったように思う。

爆薬も焼夷弾も携行に便利なように、三キロぐらいの小型のものであって、これを敵の爆弾や燃料に装着して、その誘爆《ゆうばく》の効果に頼るという式のものであった。

ところがこの時限装置は、我々の作戦の話が持ち上がってから、大急ぎでいわば泥縄的に試作されたもので、時限の誤差がきわめて大きく危険を感じられたので、この解決やその他の打ち合わせを兼ねて二回ほど内地に飛んだ。

この頃、内地ではマッチ箱大のもので、ビルディングぐらい容易に吹き飛ばす威力のある特殊爆薬が発明されていて、この実験中、その発明者が吹き飛んだというような噂が我々の耳に入っていたので軍令部に要求してみたが、そんなものはデマらしいとの話だった。

せっかく命を捨てて特攻をかけるにしては、こんな三キロぐらいの、しかも従来の性能しか持っていない爆薬ではものたりなかった。

「これだけの大海軍で、何かもっと優秀な兵器があるはずでしょう。陸軍ゆずりのオンポロ兵器では、死ぬことは容易ですが、軍令部の期待するような大戦果をおさめることは、うけあい兼ねます。なんとかして下さい」

私の後ろにはかわいい二百五十名の部下が控えているし、それに、あと一ヵ月もすれば死んでしまう身なので、遠慮は無用と強行に突っ込んだ。

「俺は嘘はいっていないよ。ほんとのところ日本の国力ではこれが精いっぱいなんだ。君の隊にはこれまでどんな要求でもいれて、他には比べものにならないほど優秀な兵器をやっているつもりなんだ」

涙を流しながら、悄然《しょうぜん》と語る軍令部員の答えに、私は何か胸の中が熱くなってくるのを感じた。実際のところ、今次大戦の主力である航空機および搭乗員の充実、整備などのために、他を顧みる余力はないのであろう。

消耗に消耗を続け、今では貧乏海軍になってしまったが、二年そこその錬成ののちに前線に飛び立って、敵と苦戦をやっている紅顔可憐《かれん》の少年搭乗員があると思うと、また一方には二十年も三十年も海軍の飯を食っているおじいさんたちがゴロゴロしている。もっともこれはピラミッドの頭のように、全体としてはそう多いとはいえないかもしれないが。

また、我々降下部隊のように、敵の来ない平和な島でもんもんの日を送っているものもある。

世界の三大不要物はピラミッドと万里の長城、それに日本の軍艦大和だと、口の悪い搭乗員が冗談まじりによくいっていた。貧乏なくせに、考え方によっては贅沢《ぜいたく》な海軍でもある。

こうまで緊迫しないさきに、もっと効率よく使う道はなかったのだろうか。

大艦巨砲主義の迷夢《めいむ》醒めやらず、英国海軍型紳士教育で鍛えられた頭を、もっと効率の国、善意のアメリカ型に切り替えない限り、議論してみたところで無駄であろう。そして研究機関の軽視と立ち遅れが身に沁みて感じられるのであった。

とまれ我々に与えられたものは国力の許す最大のもの、これだけあれば今更なにをかいわんや。人事をつくして天命を待つのみだ。

「よし、三キロの爆弾を抱いて敵中に飛び込んでやれ。威力は敵の爆弾が発揮してくれるだろう」

私は心にこう決意した。

S特訓練

我々を運ぶS特用大発艇を搭載した伊四十三潜水艦（先任将校として、私の同期生の福田大尉が乗り組んでいた）が、内地からサイパン島に到着した。

S特用大発とは正式には特四式内火艇といって、潜水艦が露天甲板にこれを搭載したまま潜航できるように、この艇の船底中央部に八〇センチ、幅五〇センチぐらいの長方形の孔を開けていて、潜水艦の浮上後、水密のゴムを周囲にはめ込んで蓋を閉じて、この孔を、塞ぐようになっている。また、この艇のエンジンは、潜水艦の潜航中は艇に付着した水密の鉄筒の中に格納されて、海水が絶対に入らないようになっている。

我々が敵地に上陸する場合には、まず潜水艦が浮上するや、潜水艦の全部の昇降口から急速に上陸隊員が露天甲板に走り出て、この艇の繋止《けいし》を解いて潜水艦との繋りを断つ。こうして潜水艦が沈むと、この艇だけが海上に浮かぶことになり、水密鉄筒の蓋を開いてエンジンとスクリューを結合し、このエンジンをかけて海上を航走するという式のものである。

我々はまず潜水艦に乗って、潜航、浮上に伴ってこの発艇の発進訓練に努めたが、特別に困難を感ずることはなく、数日後には潜水艦の浮上後、五分ぐらいで諸準備を完成し、海上を独走できる域に達した。そして、もっぱら作戦準備と潜航奇襲訓練に力をそそいだ。

さし当たり敵兵を装って敵中に潜入するためには、日本人の体格はアングロサクソンのそれとあまりにも開きがあり、歩《ぶ》が悪いのだが、せめて頭髪なりと敵兵なみにしておこうということで、S特作戦の話が出てから我々は従来の海軍の慣習を破って（長髪は士官だけで、下士官には許されていなかった。士官でも初級のうちはあまりいい顔をしては許されなかった）、一兵にいたるまで長髪とすることにし、一日千秋の思いで髪の伸びるのを願っていた。

我々の訓練の主眼は、まず夜間視力の増進を急速に計ることであった。どこの研究にかかるものか忘れたが、夜間視力増進法という小冊子が我々に配布されていた。

それによると人間の眼球の網膜《もうまく》には、昼間光線と夜間光線とに感ずる視神経がおのおの別々に分布されていて、この夜間用の視神経を、科学的方法によって最高度に発達させることが必要であった。そして、そのためには、特殊ビタミンA食を多量に摂《と》り、極力長時間、目を暗闇の中にさらしておくことが、夜間視力増進法の大体の結論であった。このために、我々は日課を昼夜まったく正反対に変えた。

太陽が西の水平線に沈んだ頃、総員起こしのラッパとともに起床し、朝食だか夕食だか、とにかく食事をとる。夜間いっぱい、島中を駆け歩いて訓練を行ない、日の出とともにこれをやめて、朝食ならぬ我々の夕食を終え、日中太陽のカンカン射し込む宿舎に蚊帳を吊って寝た。最初のうちは日中は眠れず、身体がだるく、頭がボンヤリとなってきてどうも変な感じだったが、この日課をはじめてから二週間目頃には、すっかりなれてこの日課でも平気になってしまった。習慣とは恐ろしいものだ。

落下傘部隊でも夜間訓練には力を入れてきたが、こうまで徹底して行なったことはなかった。おかげで訓練開始後一ヵ月目頃には、普通の暗夜では昼間とあまり変わるところなく行動できるようになってきた。

だがいかに夜間の視神経が発達しているとはいえ、全然光線の存在していないところでは、理論的からしても物体を認めることはできない。

サイパン島中央部に聳《そび》える本島最高のタッポーチョ山麓の密林の中に踏み込むと、その繁みにささえられて、全然光線の通らないといってもいい暗闇があった。

まさに鼻をつままれてもわからない真っ暗闇の中を、一歩々々地面に足を踏みしめながら、この繁みの中の道を歩いて行く間に、地面の足応えがなくなるときがある。こんな時は横這いの樹の枝の上を上へ上へと昇っていて、数十メートルの断崖の上にいつのまにか立っていることに気がつき、ヒヤッとすることがあった。信号の米花兵長が、約三〇メートルの断崖から暗黒の谷底にアッという間に転落した。さっそく訓練一時中止のラッパを吹き、懐中電灯を点じて救出した。途中、断崖横腹の樹枝にひっかかりながら転落したので、生命には別条はなかったが、相当の重傷を負って危ないところだった。

我々が犬か猿かであるならば、もっと夜の目が見えるのではないかと、つくづく動物の目がうらやましくなることもあった。

これは、ある夜の訓練の時の話――。

密林の繁みを踏みわけながらタッポーチョ山の中を歩いていると、鼻先三寸ぐらい前の樹の枝から、人間の赤ん坊大の猿の顔が突然、ニユッと現われ、もう少しではち合わせをしそうになって、人間も猿もびっくり仰天のあまり声も出ず、進退きわまってそのままにらめっこをしていたが、なんとかして離れることができた。

さすがの猿も、光線のまったく入らないところでは、われわれ人間同様目が見えないのかなと、不思議に思われてならなかった。あるいは眠っていたのかもしれないが、それからは動物の目も、そううらやましいとは感じないようになった。

後日トラック島で現地人に、昼間敵機の見張りをやらせたことがあるが、彼らはきわめて目がよく、日本人の優秀な見張員よりも先に、常に敵機を発見していたのには感心させられた。

我々部隊の攻撃隊の編制は、四個小隊より成っていた。

第一小隊長、篠田實中尉（兵学校、七十期）
第二小隊長、川内浩少尉（兵学校、七十一期）
第三小隊長、西尾少尉（舞鎮出身）
指揮小隊長、矢野良彦少尉（兵学校、七十一期）

一個小隊は四個分隊編制、一個分隊は分隊下士官以下十名で、これを三名一組を一単位とする三組に分けた。そしてこの三名一組をもって、一目標を攻撃することにした。このうち一名は軽機銃を持って、主として敵の妨害を排除《はいじょ》することとし、他の二名は騎兵銃もしくは自動短機銃の軽装をして、爆薬と焼夷剤を携行することとし、もって敵の目標をこの一組が単位として、焼夷または爆破することにしていた。

我々の攻撃目標は航空機、爆弾および燃料集積場、発電所、司令部などであって、もって敵の精神的攪乱をはかり、その進攻速度を極力鈍らせるというのが狙いであった。

我々はサイパン島内にあるこれらの目標を、敵の目標と仮想して片っ端からこれの襲撃訓練を行なった。この訓練に当たって、人間のいる建物には侵入しないこと、ほかの人々を驚かすような行動や悪戯は厳に慎むことなど、あらかじめ注意しておいたのだが、剽軽者《ひょうきんもの》がいて山上の電探見張所に忍び込み、見張員の背後に忍び寄って突然ワッと喚声を挙げ、これを仰天《ぎょうてん》させ、それとわかって一緒に大笑いをしたことなどもあった。

モノ島を衝け

孤島結団、意気旺。南溟波濤万重波。
羯奴若窺辺事有即。鮮血飽塗日本刀。

これは、当時トラック島に碇泊していた旗艦武蔵の艦隊司令部に、着任の挨拶を兼ねて作戦の打ち合わせに行った時、古賀峯一連合艦隊司令長官が自ら揮毫《きごう》して、私にくれた色紙の句である。ただし連合軍からにらまれそうだったので、終戦の時に焼いてしまった。

　兵学校時代、私たちのクラス指導官であった鷹尾卓海中佐が艦隊砲術参謀でいて、私を激励しながら戦局についていろいろと説明してくれた。

「落下傘部隊を捨てて、貴様がS特指揮官で来るとは思わなかったよ。だが、いま華々しく降下作戦を行なって一時の快哉《かいさい》は呼ぶことができるかもしれないが、そんなことぐらいでこの戦局はどうにもなるものではないよ」

と。戦局の日ましに逼迫《ひっぱく》していることが、連合艦隊司令部の空気でも容易に感じられた。

　古賀連合艦隊司令長官の胸中には、重苦しい万重の波が押しよせていたことだろう。

「降下作戦の華々しい夢なんか、この期《ご》に及んで持ってなんかいませんよ。落下傘降下はあくまで接敵の一手段に過ぎませんから、何もこればかりにとらわれる必要はありません」

　私はこう応答した。

　ぐずぐずしていると敵にすっかり足場を固められてしまい、奇襲作戦などおぼつかなくなってしまうのでないか。それよりもドン亀でもなんでもいいから、一刻も早く敵の虚《きょ》を衝いて、一泡吹かせてやらなければいけない。そして今ならばまだその可能性がある——。

こんな考え方が、最近の私の胸の中を占領していた。

「山辺の奴、実験研究以来だいぶ兵隊を失ったし、それに可愛い弟にも死なれたので、馬鹿に急いで死に場所を捜しているな」

こんな陰口を落下傘部隊の士官からいわれたことがあるが、私としてはなにもやたらに犬死に行くつもりは毛頭ないが、なんとなく日本海軍がこれまで採ってきた奇襲戦法が、この戦局以後にそして万一、さらに追いつめられた戦局になれば、もはや功を奏しないのではないかと感じられるものがあった。

今が一番の命の捨てどころだ。そして命をはじめから捨てた戦法ならば、作戦奏功《そうこう》と必勝の確信があった。

(後日、あ号作戦の戦果芳《かんば》しからず、ついにサイパン島陥落からは、私はもう駄目だとは思わなかったが、私の戦闘に必勝の確信を持てなくなった。そして何かあったらやるだけやって、あとは砕けろといった気持だった)

私の隊はラバウルの南東方面艦隊司令部の作戦指揮下に入り、その命令に従って、作戦を行なうことになった。ラバウルから、この作戦の主務参謀である砲術参謀の土井泰三少佐(唐島部隊長と同期生)が、命令を携えてさっそくサイパン島に飛んで来た。

命令の内容は、ラバウルを基地としてソロモン諸島モノ島に夜間隠密上陸を決行し、敵軍司令部、爆弾、燃料集積場、飛行機などを急襲して、焼き払えということだった。


十九年二月下旬近く、私の隊は潜水艦と一部は二式大艇に乗って、ラバウルに向けサイパン島を去った。サイパン島国防婦人会の肝いりで作ってくれた幟《のぼり》をサイパン神社に供え、神主の打ち鳴らす陣太鼓のうちに、私はうやうやしくこれをおし戴いて潜水艦のマストになびかせた。

私の故郷、信州上田の真田幸村の紋章六文銭の下に南無八幡大菩薩と大書した、士気振作のための幟であった。

「さらばサイパン島。永遠の平和の日を祈る」

落下傘部隊も在留邦人も、我々の晴れの門出を感謝の意をこめて送ってくれた。

「持って生まれた癇癪玉《かんしゃくだま》を、東洋人を代表して口先だけは民主主義のお題目を唱えながらも、内心は〝俺たちだけが人間だ〟と思っているだろう、アングロサクソンの土手っ腹目がけて、思う存分爆発させてやるんだ」

こう思っていたのは私だけではなかったろう。

忘れ得ぬ第二の故郷サイパン島、そして同胞たち。だがこれが永遠の別れであろうとは、神ならぬ身の知るよしもなかった。

ラバウル到着次第、早急に作戦行動を起こす予定で、時機が逼迫していたので私は、詳細な作戦打ち合わせをしておくために、部隊とは別に単身、土井参謀と行をともにすることにし、二月二十日サイパン島対岸のテニアン島に渡り、ここから草鹿龍之介南東方面艦隊参謀長機に便乗して、ラバウルに向かうことになった。

テニアン島には、私の兵学校時代教頭であった角田覚治中将のひきいる第一航空艦隊の飛行機が、内地方面から続々と集結中であった。これは内地のなけなしの航空機を全部かき集めて編成された、当時実動機を持った唯一の基地航空艦隊で、いわば、虎の子的存在であった。

草鹿参謀長のお供をしてこの司令部に行ったが、内南洋の制空権を確保、余勢を駆ってラバウルにも出てやるぞと意気まいている参謀もいた。

この時、味方哨戒機が東方洋上に敵機動部隊を発見したと報告してきた。輸送船団は今のところ不明とのことだった。そして夜間攻撃準備にとりかかっていた。

その夜、私は草鹿参謀長、土井参謀とともに飛行場からだいぶ離れた島の西端に近い南洋興発のクラブに落ち着き、社宅の邦人の子供たちと記念撮影をしたりして、その夜は鶏のすき焼きで、砂糖黍からとったラム酒のご馳走になり、明朝の奮闘を約して就寝した。

翌未明、真っ暗いうちに草鹿参謀長に随行して、落下傘部隊の斎藤中隊の守備する海岸陣地に行った。昨夜来、飛行場の蛸壺《たこつぼ》陣地構築に大部分が派遣されてしまって二十名そこその兵力しかおらず、敵の上陸に遭えばひとたまりもない情況だったが、幸い敵の上陸もなく夜明けとなった。

しかし、すぐに敵艦爆、艦戦が来襲し、その後も波状攻撃をくり返していった。砂糖会社はたちまち炎上し、港内碇泊の小型船舶も片っ端からやられてしまった。

敵機の機銃掃射や爆撃を避けながら、私はとおりすがりの旅人といった、わが身一つの楽な身体だったので、乾パンを提げて南洋興発の子供や娘さんたちをさがしに行ったが、一泊したクラブはすでに爆撃を受けて半壊、邦人はみな山林に避難して一人も見当たらなかった。

この空襲で、味方機の被害は甚大のようだった。草鹿参謀機も、敵戦闘機の機銃を受けて使用不能になった。

数日後、ようやく代用の中攻に便乗してトラックに行った。

一応トラックに寄港して、ラバウルに向かう予定だった、川内少尉の指揮する約七十名の私の隊員を乗せた伊四十三潜水艦が姿を見せていないので、トラックの四艦隊司令部に行って調べたが、多分この空襲でトラック島沖で撃沈されたのだろうとの判断だった。

あるいはこの空襲を避けて、ラバウルに直航したかもしれないと、その無事を祈りながら、その日のうちにトラックを出発した。

敵戦闘機の監視が厳重で、昼間の着陸は無理とのことで、日没と同時にラバウルに滑り込むことになった。カビエンを通過する頃から、視界がきかぬ豪雨に遭い、ラバウル上空で飛行場の発見ができず、危うく山腹に衝突しそうになったが、幸運にも一時、雲の切れ間から飛行場を発見し、辛うじて着陸した。

潜水艦で輸送された先任の篠田隊が、すでに到着していたので、取るものも取りあえず飛び込んで、川内の隊は来ているかとどなったが、まだとのことだった。司令部にもさっそく行って聞いたが、その消息はわからず、ついに伊四十三潜水艦は、永久にようとしてその消息を絶ってしまった。

人なつこく愛嬌者で、あごにみごとな髭を蓄えた俗称ひげの黒木先任下士官以下、もっとも威勢のいい、九州男児からなる私の貴重な一隊を、作戦に至らずに失ってしまった。これは私の隊には致命的に近い打撃であり、ただ無念の涙に暮れるばかりだった。

私がラバウルに到着して一ヵ月ぐらいの間に、敵の爆撃はますます猛烈となり、陸上の建造物はほとんど一つ残らず灰燼《かいじん》に帰していった。我々のＳ特大発を、潜水艦に揚げ下ろしするクレーンまでも、吹き飛んでしまった。

ラバウル港は、敵機の連日の跳梁《ちょうりょう》のため潜水艦の在泊もきわめて危険となり、もはや潜水艦基地としての機能を失ってしまった。輸送機を奪われた我々は、戦勢の急テンポな変化のために、こんどは潜水艦ももぎとられることになり、ラバウルに向けての潜水艦便を待っていた矢野、西尾隊は、トラック島で立ち往生の格好になってしまった。

味方邀撃《ようげき》戦闘機の姿も、すでに見られなくなっていた。そして緊急要務やマラリア患者用のキニーネの運搬のために、敵戦闘機の目をかすめて、時々トラック島との間を往来する味方機のほかは、いっさいの交通を絶ってしまった。

かくして我々が気負い込んだモノ島奇襲作戦も、実現不可能となり、戦わずして川内少尉以下七十名の最愛の部下を失った悲運と痛恨《つうこん》の涙に暮れながら、この作戦もさびしく諦めなければならなかった。

南東方面艦隊司令部の方々に慰められながら、私はひとまずトラックに引き返し、内地へ飛んで、部隊の再起を図ることにした。先任小隊長篠田中尉の隊を、とりあえずここに残しておかなければならないことは、なんともいえないさびしいことだった。

練習艦隊時代、指揮官付だった板倉光馬艦長の指揮する伊四十一潜水艦に便乗して、ラバウルを出港したのは十九年四月頃だったろうか。そしてこれが最後の潜水艦便であったろう。

かつては魔のラバウルとして、敵を震駭《しんがい》せしめたラバウル航空要塞も、今や渺茫《びょうぼう》二六〇〇海里の南冥の果てに見捨てられて、敵の圧倒的制空権下にただ敵の上陸を待つだけの籠城陣地と化した

味方陸軍の何個師団が守備していようとも、航空機なきラバウルは、私の目にはさびしいさびしい姿のラバウルであった。

サイパン島逆上陸

南の島、それは夢の島、歌の島、ロマンスの島である

明るい強い太陽に照らされて、水の色も、木々の緑も、内地とはまったく変わった独特の情緒を我々の目に投げかける。私が練習航海の途中立ち寄ったトラック島は、こうした美しい島だった。少なくともそう印象づけられた島だった。否、この美しい印象は、死ぬまで私の心から消え失せないだろう。両親の懐に抱かれて、世の中をすべて美しい、楽しい汚れのない正しいものと、印象づけられている、あの幼い頃の懐かしい思い出と同様に。

ラバウルを出港して、トラック島夏島に、潜水艦から下り立った私の目に映るものは、じりじりと照りつける灼熱《しゃくねつ》の太陽下に、どす黒いような緑の椰子の葉を通して見る、爆撃の跡なまなましい荒んだ景色の島だった。

海の色も空の色も、昔と変わりはない筈なのに、なんの感興も起こってこない。満二十七という私の年齢がそうさせるのか、あるいは戦争のせいなのか。夢もロマンスも失った、熱い熱い現実の南の島でしかなかった。

過ぐる日、敵機動部隊に油断を衝かれてコテンコテンにやられたという不名誉な歴史を持つ、四艦隊司令部のあるこの島、口の悪い連中は死艦隊と呼んでいたその司令部のある島、はじめから、こんな悪い印象を持っていたためでもあろうか。

その夏島の海岸寄りにある兵舎に、ラバウル輸送を取りやめられて立ち往生している矢野、西尾の隊員が、私を待っていた。

敵の爆撃は時々あったが、まだ昔のままの兵舎も健在なものが残っていた。三分の一を海底の藻屑《もくず》と失い、残りをトラックとラバウルに両分されてばらばらになり、しかも見ず知らずの南洋の島に来て、取りつく島もないような我々の隊であった。

そこで、今後の我々の行動や隊の身の振り方などについて、直接軍令部の指示を仰ぐことにして単身、私は内地に飛んだ。

内心期待していた進攻の話などなく、重大戦局に当面していてお前の隊などしばらくかまっていられないから、トラックに帰って何分の命のあるまで待っていろということで、不承不承《ふしょうぶしょう》ひき退らなければならなかった。

飛行機が途中サイパン島で補給をするためにここに立ち寄ったので、その間に落下傘部隊を訪問した。

ちょうど落下傘研究当初から、分隊士として活躍してきた川島中尉が指揮しながら、タッポーチョ山麓の鍾乳洞《しょうにゅうどう》の中に、落下傘を運搬格納中のところであった。

当分の間、中部太平洋方面艦隊司令部の直轄《ちょっかつ》部隊として、サイパン防御の一翼を担うことになったので、しばらく落下傘は無用の長物になってしまったとの話だった。

これで海軍落下傘部隊も、完全に第一線作戦部隊として見放され、あたらその特殊能力も発揮できないことになってしまうのかと思うと、一抹《いちまつ》のさびしさを禁ずることはできなかった。

ガラパン町の波止場には、陸軍の揚陸物資が山積し、町には上陸したばかりの陸軍兵が、まだ配備もきまらないらしく、雑然とした格好で駐屯《ちゅうとん》していた。

落下傘兵がときどき息抜きに行ったことのある飲食店の彼女たちも、昼間は全員勤労奉仕に出て不在であった。オレアイ付近の道路に、飛行機の不時着場を急造中で、その土運びをやっているとのことだった。

在島邦人婦女子も、内地帰還を終わらないままに多数残留していた。その中には私と同郷の信州出身で、ガラパン町に病院を経営している美済津院長とその家族もいた。ときどき遊びに行ってご馳走になったことがあるが、俺は内地には引き揚げない。万一敵がこの島にでも来るようなことがあれば、俺の乗用車ごと海軍に提供して暴《あば》れてやるつもりだと、ときどき語っていた。

引き揚げ邦人を乗せた輸送船がサイパン港を出て間もなく、ガラパン町民の眼前の洋上で、敵潜水艦に撃沈されるのを目撃して以来、内地帰還を希望するものがほとんどなくなってしまったとの話であった。

馬鹿に騒々しい島の光景だったので、敵でも上陸して来るのかと尋ねたら、別にそういうわけでもないとの返事だった。

ラバウルかトラックに、敵が上陸して来るかもしれないから、トラックに帰ったらしっかり頑張ってくれ、と激励された。

私たちも在島中、訓練でたびたび陣地構築をやったことのある香取灯台（ガラパン町と水上基地の中間、丘陵の中腹にある）付近の丘陵地帯に、唐島司令以下落下傘部隊員は、地面を掘って陣地構築をやっていた。

こうして四月下旬頃、私はサイパン経由トラック島の私の隊にもどった。

十九年六月十五日。突如として敵はサイパン島に上陸を開始した。まさに予想のほかであった。

トラック島の我々百二十名ばかりのS特隊員は、あっけにとられた。とくに私は愕《がく》然《ぜん》たらざるを得なかった。

サイパン島の近況が、ありありと胸に浮かんでくるのだ。そこには今なお、帰還を終わっていない邦人婦女子が多数いるはずだ。

陸軍は配備を終えて、陣地構築に取りかかったばかりというところではないだろうか。サイパン島の海軍の重砲は、ラウラウ湾の一五センチ砲四門の砲台のほかには無にひとしい。しかもこれは大正の初めの頃だったたか、ドイツ軍が上陸した方向を向いていて今度の敵上陸点、オレアイ海岸に対しては、あさっての方をにらんでいることになる。

このほかには、確かサイパン港入り口のマニアガハ島（俗称、軍艦島）に一五センチ砲が一門あったはずだが、敵機の猛爆と敵艦砲射撃に耐えて無事であるかどうか。落下傘部隊の装備は、奇襲目的の軽装で防御には芳しくない。

あとは、陸軍がどう守ってくれるかだ。サイパン島の無電傍受によると敵上陸の第一夜、落下傘部隊は敵上陸点に強襲を決行したらしいが、ほとんど全滅した様子だ。

第三夜、アスリート飛行場に彼我の猛烈な曳痕弾《えいこんだん》が交錯しつつありとの情報が入った。陸軍部隊か落下傘部隊の残党が斬り込んだのではないか。

トラック島の私の隊にもサイパン逆上陸の命令が下った。否、私たちの作戦督促《とくそく》の意見がいれられたといった方が本当だろう。かくして、潜水艦が夏島港に到着し、われわれ約百二十名の隊員の出動準備も完成した。我々の勝手知ったるサイパン島、親部隊のいるサイパン島へ上陸して暴れ回るのだ。

ところがこの日、意外な電報が入った。

敵艦隊邀撃のため、サイパン沖に展開した味方潜水艦が、訓練のようにほとんど一直線配備をとったためか、敵の優秀な水中電探にことごとくその所在を探知され、七隻とも撃沈されてしまったとのことだった。そして、サイパン島への接岸は不可能と断定されてしまった。

またまた我々は肝心《かんじん》の足を奪われてしまった。

サイパン島を見殺しにするのかと思うと、無念の涙が止まらない。Z旗をハワイ海戦後再び掲げて、この一戦を期して行なわれた「あ号作戦」も、戦果振るわず、サイパン島はついに陥落した。そして、内地は敵B–29の爆撃圏内に入ってしまったのである。

ああ、鬼哭啾々《きこくしゅうしゅう》として恨みは深し、サイパン島。

在島邦人婦女子の悲しい顔が、されど祖国の安泰を信じて、ニッコリほほ笑む凄絶な顔が、若い落下傘兵の元気な姿と一緒になって、今もなお私の脳裡《のうり》をかすめるのである。

第六章　サイパンに散る海軍落下傘部隊

ああ、亡き戦友《とも》よ

サイパン島の海軍落下傘部隊は玉砕した。

幸か不幸か、私はサイパン島に敵の上陸する約三ヵ月前に、この島を飛び出して、ラバウルに赴き、それから戦局の急激な変化のためか、運命の悪戯か、とにかく今日こうして細々ながらも、生を保っている次第である。

故山本五十六連合艦隊司令長官の意向《いこう》らしく、配置を変換すれば戦力が低下するという理由で、私が昭和十五年はじめて落下傘降下の実験に着手して以来、終戦を迎えるまで、一部の負傷者を除いては、一切の隊員の移動は行なわれなかった。

戦時中で、どんどん進級していくので終戦の一年前頃には、私の佐鎮一〇一特別陸戦隊などは全員下士官ばかりで、兵が一名もいなくなってしまった。

他の隊では、下士官になれば便所掃除や炊事当番など嫌な雑用はやらなくて済むが、私の隊ではそうはゆかず、後任の下士官はこの貧乏くじを引いて時々こぼしていた。

私も落下傘のために海軍に入ってしまったような結果となって、兵学校入校当時の抱負や希望に思い至る時、うたた感慨なきを得ないのであるが、落下傘部隊の隊員も、やはり私と同じ運命と境遇の下にあった。もちろん、落下傘が嫌だという意味ではなく、こういう状況であった私たち隊員は、部隊長より一兵にいたるまで、今次大戦中ずっと引き続き、寝食労苦をともにし、あるいは肉親にも増した親密の間柄にあったわけである。

サイパン島の落下傘部隊も、いうまでもなく私には忘れ得ぬ人々ばかりである。最初から労苦をともにした可愛い研究員もいた。

私と同期の村山龍二副官は、精力的な元気者であり、私がもっとも尊敬している人格者の一人だが、私がラバウルに作戦に出るのを、非常にうらやましがっていた。しかし副官という彼の職務は、自由を許さず、敵上陸前の彼のうつうつたる髀肉の嘆の心境は、私には一番よくわかるのであった。彼は内地出動前に結婚話を進められていて、私に相談にきた。なんとかうまい断り方はないものかと。そして、ついにこれを断ってしまった。

實《じつ》ちゃん（斎藤實大尉《みのる》）は、内地出動前に奥さんを貰った。ほんの一ヵ月も一緒にいたであろうか。彼はあくまでも落下傘で行くという、若さと元気の急先鋒《きゅうせんぽう》であった。冗談に實《さね》ちゃんといって、もう少しでぶん殴られそうになったこともあった。

部隊長の唐島少佐は温厚な人だった。私がラバウルに向かう時も、近接戦闘では引っ張りだこの自動短機銃を、あとの補充が効かないことを承知の上で、ほとんど全部私の隊に譲ってくれた。

竹ちゃん（竹之内中隊長）は、川島ダミー（川島佐太、三中隊長、一期研究員）は？　竹ちゃんはチョンガーだからいいとしても、川島ダミーには家族が沢山あったはずだ。

私はずっとチョンガーだったし、それに下宿というものは嫌いだったから、いつも、隊内居住をやっていた。そして時々、夜一人でチビリチビリと酒を飲んでいると、非番の落下傘兵が集まってきて、飲みながら談笑していった。そして、その人たちは？

次から次へと走馬灯のごとく、サイパン島に散っていった落下傘隊員の、在りし日のおもかげが私の脳裡《のうり》を去来するのである。

サイパンの落下傘部隊は、オレアイの敵上陸点に突入して、勇戦敢闘ののち、全員玉砕してしまったということは聞いていた。

だが、どうやって散っていったのであろうか。隊員のおもかげを頭に描きながら、私はいつもこれが気にかかる。そして、サイパン島に関係のある作戦記録も見た。だが全体の状況はわかっても唐島部隊についての詳細は、これからはわかるべくもなかった。

なんとかして落下傘部隊最後の状況を知りたい。そして、でき得れば、この霊を慰めてやりたい。これが落下傘部隊の生き残りであり、当時降下訓練の指揮官であった私の念願であり、また、私の良心の命ずる私だけの任務でもあった。

そんなある日、たまたま私の家に、サイパン生き残りの落下傘兵が訪ねて来た。十数年ぶりの懐かしい再会であった。

私はここではじめて、サイパン島の海軍落下傘部隊最後の状況を知ることができた。その時の談話にもとづいて、ここに落下傘部隊の玉砕戦の模様を述べるわけである。

ここで、一言断っておかねばならないことがある。それは、私が書いているのは小説ではなくて、あくまでも実際の戦記であるということである。従って私の推量や判断で、面白おかしく、あるいは壮烈に、あるいは英雄的に、私の戦記をカムフラージュすることはできない。

また私の執筆を聞いて、ついこの二週間ほど前、同じく、落下傘部隊の生残者である青木隆氏の書いた、『サイパンの海蒼く』なる本を送ってくれた人があり、これによって落下傘部隊玉砕の詳細を、さらに知るに至った次第である。この本が、以前出版されたことは聞いていたが、当時私は講和批准《ひじゅん》まで、戦犯として行動の自由を失っていた関係上、ついにこれまで読む機会がなかったのである。

そこでまた、私はこの戦記をどのようにして書こうかと考えてみた。

というのは、青木氏の本からも私を訪ねた落下傘兵の談話からも、私の望んでいるような落下傘部隊王砕の詳細な顚末《てんまつ》を知ることはできない。両氏とも当時下士官として、自分一人の戦闘正面はわかっていても、その他の全般を正確にとらえることは無理なことは当然である。いわんや、あの惨烈な玉砕戦においておやである。

それならば、いっそのこと書かないでおこうかとも迷う。だが、わからないことはわからないとして、そのまま真相を伝えるより致し方がないであろう。

そこで、当時の部隊の状況の中で私の関知しているものは私が述べることにし、玉砕戦の模様は私を訪ねた落下傘兵の談話だけにもとづいて、不備ながらまとめてみたい。

サイパン王砕の落下傘部隊の中に、ほんのわずかではあるが、数名の捕虜があった。

そして彼もその一人であった。

彼は、第一中隊指揮小隊の分隊下士官であった。サイパン邀撃戦は敵の圧倒的かつ一方的の優勢の前に、敵上陸後旬日にして、大勢は決してしまった。そしてその後は、日本兵は、密林や洞窟を転々と逃げ回る放浪生活に追い込まれてしまった。そしてある者は敵の火焔放射器に焼かれ、あるものは自決して、ついに全滅したのであるが、祖国の安泰を信ずる彼らは、いつか必ず味方来援部隊のあることを期待していた。

一時の衝動にかられ、轟声一発、自決することは容易であったかもしれないが、なお味方来援の一縷《いちる》の希望をつなげる以上は、自決ということはそうあわてて行なう必要も認めず、生きるだけ生き、戦えるだけ戦えという心境でもあった。

かくして、島内転々の生活が続けられていったが、味方来援の一希望もついに諦めなければならない時機が来た。

サイパンの基地を整備した敵は、八月下旬頃から本格的な掃蕩戦を開始した。敵の火焔放射器による攻撃のため、洞窟内の生活もすでに危険となってきた。

「なんとかして、他の島へ移ろう」

こんな考えが浮かんで、彼は十数名の味方と一緒に、ガラパン港に繋留してある大発艇の占領を試みた。夜陰を利用し、タッポーチョの山林の中から、ようやく海岸にたどり着いた時、どういうはずみか付近に積んであった敵の魚雷が爆発し、一面火の海となった。この瞬間、港外仮泊中の敵艦隊から一斉に探照灯の照射をくった。万事休す！　ほうほうの体で山林に潜り込んだが、ついにこの計画は失敗と帰した。

また転々の流浪の生活が続いた。この間いろいろ思案の末、今度は生き残り搭乗員と組んで敵の飛行機を分捕り、これに乗って帰る計画をたてて、約一週間にわたりその機を狙っていた。

九月中旬のある日、ついにその日が来た。サイパン中部の東岸に、ドンニーという部落があって、ここに敵は飛行場を完成した。

滑走路には敵のロッキードが並べられてあった。

「ロッキードなら、なんとか操縦できるだろう」

という搭乗員と一緒に、滑走路へ忍び寄っていった。だが、無念、敵に発見されて集中射撃を浴び、これまた、命からがら逃走しなければならなかった。

味方の島外脱走を感づいた敵は、このころから、小舟艇は全部、海岸から数十メーの沖合に引き出して、これを鉄の鎖で固縛してしまった。

「残る脱出の策は、筏を組むことだ」

これよりほかに、手はなかった。それから、毎日毎日、筏組みの作業がつづいた。敵の目をかすめタッポーチョ山から木を切り出して、ドンニーの海岸に運搬したのだが、せいぜい一日に一本ぐらいしかできなかった。すでに身体は疲労と栄養失調のために思うようには動かなくなっていた。こうして十五日ほどかかったろうか。こうしたせっかくの死の苦しみのような汗の結晶も、ついに敵に発見されて無駄な努力に終わってしまった。

もうすでに十一月に入ってしまった頃だろう。敵の掃蕩はますます激しくなり、徒党を組んだ行動は不可能となってきた。これに加えて身体は消耗を重ね、時には這って歩かねばならない場合もあった。

「こんな身体で味方に迷惑をかけては申し訳ない。俺は一人になろう」

ついに彼は、完全に一人となってしまった。

「このままでは死を待つだけだ。それよりも一《いち》か八《ばち》かもう一回、カヌーを手に入れて近くの離れ島へ脱出しよう。そしてやり損なったらそこで死のう」

彼はこうした最後の決心を固め、オレアイ海岸の現地人のカヌーを手に入れるために、山を下って行った。

この頃はすでに、敵の服装を手に入れて敵を装っていたので、敵の目をうまくごま化してオレアイ海岸に近づいて行った。身体の衰弱がはなはだしく、半ば歩き、半ば這うようにしてかろうじてたどりついたが、そのカヌーまでが沖に出されてあった。身体は思うようにいうことを効かない。しばらく海岸でたたずんでいる間に、チャムロに発見されてしまった。このチャムロが連絡したのであろう。ただちにジープに乗った米軍に包囲され、ついに捕虜となってしまったのである。

米軍上陸前の状況

メナドおよびクーパン降下作戦を行なった両落下傘部隊を合併し、これに一部の補充を加えて訓練整備を開始したのは、すぐる十八年三月であり、同年九月には一応これを完了して中部太平洋方面出動命令に接したのであるが、その時における海軍落下傘部隊の兵力は、おおむね次の通りであった。

司令　　唐島辰男少佐（兵学校五十六期、新任）
副官　　村山龍二大尉（同　六十六期、新任）
第一中隊　山辺雅男大尉（同　六十六期）
第二中隊　斎藤　實大尉（同　六十七期）

第三中隊　桜田　良大尉（同　　六十七期）
第四中隊　竹之内光男中尉（同　　六十八期）
第五中隊　営本中尉（佐鎮出身）

この五個中隊を基幹とし、これに部隊本部直轄の速射砲小隊（対戦車砲五基）、補給小隊、通信隊、および医務、主計、運輸、工作の各隊、合計一千三百二十七名であった。

中隊は銃隊三個小隊（一個小隊は軽機二挺を装備する分隊三個分隊と、重機四挺を有する一個分隊より構成）と、重機二基を有する機銃小隊から編成されてた。

重・軽機および重擲弾筒の射手以外は騎兵銃を持って密林戦、近接戦闘に備え、ベルグマンまたは百式短機銃をなるべく多く（ただし私たちの要求の数にはるかにみたず、軍需部の在庫の底を払って持ってきた状況）装備しており、また、すでに述べたごとく、全員拳銃一挺と手榴弾数発を携行していた。

このほか部隊装備の一端に触れると、対戦車肉薄攻撃用として破甲爆雷のほか、そのころ陸軍自慢の、小銃の先に装填して発射することのできる、タテキと称する小型爆雷も一部装備していた。

当時、航空技術廠に勤務していた有坂磐雄少佐は、兵学校出身（五十一期）にもかかわらず無線電信機の発明に妙技を得た人で、この人に頼めばどんな性能のものでも、容易に造ってくれるという変わり種の人であった。

落下傘部隊用の無線電信機についてここで簡単に述べてみると、まず落下傘投下の開傘時の衝撃と着地のおりの激動に耐えること、それから極力、重量、容積の小さなもので、しかも遠距離への通達距離を有すること、これらが海軍の一般電信機に比し、さらに落下傘部隊用のものでは要求されてくる。

ところでたまたま、この有坂少佐が海軍にいたお陰で、短期間のうちにこの落下傘部隊用電信機の完成をみることになって、試製○○（名称は忘れたが）式短波無線送受信機と称し、軽量小型で五〇〇海里（約九三〇キロ）の通達距離を有する優秀なものが、内地出動前に、すでに私たちの部隊に装備されていたのである。

米軍がガダルカナル島で日本軍の攻撃を未然に発見し、これによってさんざん味方が悩まされたという地上音響探知機を真似て、海軍でもこれを試作して装備の中に加えられることになった。

急速の烹炊《ほうすい》を可能にした、また移動に便ならしめるために、特殊の陸上用重油バーナーも試作を終えて供給されていた。だが残念なことは、サイパン島に来てから炊事中これが爆発し、主計兵一名が焼死するという事故が発生した。

落下傘投下の可能な、折り畳み式自転車とリヤカーも、伝令用その他として作戦地域に応じ供給されることになっていた。

これらは、私たち落下傘部隊の装備が部隊側の要求には充たなかったとしても、当時の海軍として可能な限りの最新最優秀のものであり、かつ当局が他の海軍の陸上部隊に対し、我々の部隊に最優先的に取り計らってくれたものであるといっても過言ではないであろう。

こうした優秀装備を有する建制を保った部隊であったが、戦局の急迫に伴い桜田、宮本の二個中隊をナウル島守備部隊として割かれ、十八年九月には唐島少佐のひきいる主力がサイパン島に進出したのであるが、さらに急激な戦局の変化は、落下傘部隊にただの一機も輸送機を与えず、これに憤慨し、また髀肉の嘆に耐えかねた私が、まさに後ろ髪をひかれる思いで落下傘部隊に訣別を告げ、第一中隊とそれ以外の隊の腕ききが十数名のほか、できるだけ多くの自動短機銃を集めて潜水艦奇襲部隊を編成し、ソロモン諸島を北上中の敵背後を衝くべく、十九年二月下旬、ラバウルに飛び出すに及び、すでに出動時にくらべて兵力半減し、いささか寥々《りょうりょう》の感を禁じ得ない状況になっていたのである。

私の第一中隊の兵力の欠をうめるべく、内地から補充が行なわれたのであるが、すでに人的資源に不足を来たしつつあった海軍の状況から現役兵は望めず、降下訓練はおろか、ほとんど他の訓練も受けていない二十歳前後の補充兵を迎えたのである。そしてこれを主体として第三中隊が編成され、大隊付の配置にあった川島中尉（横鎮出身、第一研究員）が、中隊長としてこの指揮をとることになった。

サイパン島の海軍落下傘部隊の主幹である中隊の編制は、次のとおりである。

第一中隊（落下傘兵約二百名、斎藤大尉）

第二中隊（同　　　　　　　竹之内中尉）

第三中隊（補充兵約百名、　川島中尉）

私の中隊がラバウルに向けて潜水艦と一部二式大艇に分乗し、サイパンを出発した二月二十二日、対岸のテニアン島とサイパン島は、敵機動部隊の艦戦、艦爆の攻撃を受けたが、その後、サイパン島には再び平和な日が続いていた。

だが、この頃から陸軍部隊が陸続として上陸をし、島内は平和のうちにも、なんとなく騒然となっていった。そして、これまでほとんど落下傘部隊員だけが独占していたようなサイパン島の、のんびりした空気は次第に消えつつあった。

訓練用の輸送機一機さえもすでに望めなくなってしまった。容易ならざる戦局が到来していることは、この島にいては現実には認めることはできないが、敵の本格的な反攻を食い止めるべく、悪戦苦闘を続けているラバウル方面からの情報を聞くにつけ、またこの二月にクエゼリン、ルオット、ブラウンなど、マーシャル群島のこれらの島々が次々に玉砕していったことからしても、じりじりと守勢に追い込まれていっているという不愉快な重苦しい空気だけは、隊員の誰もが感得できるのであった。

館山砲術学校時代お世話になった、校長の安部少将も、陸戦の高木教官も、このマーシャルの孤島で戦死してしまった。そのありし日のおもかげが眼前に彷彿《ほうふつ》として、寂しい悲しい思いに胸が閉ざされる。

マーシャル群島よりさらに南へ三〇余海里、赤道の真南四二キロにある絶海の孤島、ナウル島守備の落下傘部隊は、敵の上陸に備えて白鉢巻で海岸陣地に元気に頑張っているという話も聞いた。

だが、このサイパン島には多分敵はやって来ないだろうとは、この島にある艦隊司令部の判断であった。しかし、いざ敵が上陸したという時には、海軍で一番頼りになるのは落下傘部隊の唐島部隊であり、南雲長官唯一の懐《ふところがたな》刀であり、頼みの綱ともいうべき存在であった。

落下傘部隊は内地に帰って、ここで訓練整備をすることになるというような噂も一時飛んだが、そのままお流れとなってしまった。

中部太平洋方面艦隊司令部は、この島の唯一の繁華街であるガラパン町の山手寄りのところにあり、ちょうどタッポーチョ山麓の緩傾斜の前部に当たるところであった。そして、これから少し南に離れたところには司令部の通信隊があった。

部隊は、ガラパン町からしばらく北方に行ったところにあるタナパクの水上基地に駐屯し、ここと、ガラパン町の中間にある香取灯台付近の台地に、対空陣地を含めた防御陣地の構築を行ないつつ訓練に当たっていた。ガラパン町とアスリート飛行場の、ほぼ中間に当たるオレアイには、民間人の勤労奉仕も加わって飛行機の不時着場が急速に造られていた。

玉砕戦（洞窟生き残り落下傘兵の談に基づく）

昭和十九年六月十一日。

味方哨戒機が敵機動部隊を発見したらしく、司令部から情報が入った。

すぐる二月二十二日、敵機動部隊がテニアン、サイパン、グアムをたたいていってから今度で二度目だ。

「見敵必殺！」

若い元気な落下傘兵は、意気だけは旺《さか》んだが、部隊に装備された二〇ミリ対空機銃だけでは、せいぜい地上すれすれまで突っ込んで、機銃掃射をやってくる敵艦戦ぐらいしか落とせない。それも、こっちに向かって真っすぐに突っ込んでくる奴だけで、それ以外は全然手がとどかない。撃つだけ無駄だ。だから敵機が何百機来襲しようとも、二〇ミリの射程以外の奴は高みの見物をするだけだ。

「敵さん、御参《ござん》なれ」

と、水上基地で、対空戦闘準備を整えて待機した。

正午ちょっと過ぎた頃、予定どおりやって来た。

テニアン飛行場の方向で、ドーン、ドーンと爆弾の音がするようだ。敵はテニアンを手はじめに、今度はこっちのサイパン島に大挙来襲して来た。アスリート飛行場がやられているらしい。ついに水上基地にもやって来た。終日、波状攻撃が続いた。敵艦戦、艦爆、延べ数百機。敵ながらすごい。よくもこんなに飛行機があるものだ。味方邀撃戦闘機はわずかで、雲霞のような敵機の中にどこへ消えたかわからない。例によって陸地に来襲する敵機には目もくれず、洋上の敵機動部隊求めてまっしぐらに突入していっているのだろう。

敵さんも、日没前には全機洋上はるかに引き返してしまった。ほっと一息入れる落下傘兵に、これが玉砕戦の皮切りだと、果たしてわかったであろうか？

明けて十二日。

敵機動部隊は、洋上で撃沈されたかどうか？　輸送船団の情報は入っていない。機動部隊だけだとすると昨日一日で終わりかな？　こんなことを考えながら起床する早々、またまた敵艦戦、艦爆の大挙来襲だ。

例によってテニアン、アスリートを攻撃している。あいも変わらぬものすごい敵機の数だ。

灯台山の味方陣地で対空戦闘配置につき、準備を整えて待ち構える。

斜め眼下のサイパン港と水上基地にも、さかんに突っ込み出した。片っ端から味方の舟艇が、建物が炎上していく。

敵の波状攻撃は執拗《しつよう》に続けられている。今日は敵機は地上陣地を求めて、突っ込んで来る。灯台山陣地も応戦にいとまがない。中隊間、小隊間に敷いた電話線が切断され、これの補修に目の回る忙しさだった。

昨日と同様、日没前には敵機は引き返し、空襲がやんだ。

六月十三日。

陣地の中で夜が明けた。すでに敵艦隊群が、沖合海上を遊弋《ゆうよく》中であった。

敵艦載機の大群が、今日も早朝から島の上を乱舞する。見えるのは海を圧する敵の艦隊と敵機だけだ。そのうちにわが連合艦隊がこれに殴り込んで、眼前で撃沈してくれるだろう。

敵輸送船団に関する情報は、なにも入ってこない。

敵艦隊はサイパン沖に一群、テニアン沖に一群、合計二群よりなっている。灯台山から手にとるように見える。ざっと数えて、サイパン沖の一群は戦艦四、巡洋艦十、駆逐艦十五〜二十。テニアン沖は戦艦四。

敵艦砲射撃の主攻撃目標は、サイパン島だ。

○九〇〇（午前九時）頃、敵艦砲射撃開始。敵、初弾発砲。

「一、二、三……」心で、一秒ごとに時を数えてみる。……三十五秒、弾着。敵弾の飛行秒時は約三十五秒だ。

敵艦は、微速で陸岸に接近しつつ砲撃をくり返している。

灯台山から少し離れたところにある味方複廓陣地の洞窟と艦隊司令部の間に、指揮小隊員数名で電話線を架設した。各中隊陣地に使用して電話線の長さはギリギリいっぱい、敵の艦砲射撃と飛行機の銃爆撃にさらされて、この作業は命がけだ。

砲撃が開始されてから、四、五時間にもなるだろうか。その間にガラパン町も水上基地も、構造物は全部吹き飛ばされて、まさに焼土と化してしまった。恐るべき破壊力である。

敵駆逐艦は、海岸リーフすれすれまで接近して砲弾を島内に撃ち込んでいる。味方の艦隊がいないのでなめきった大胆不敵なやり方だ。今にみろ、味方の艦隊が来て一泡吹かせてやるから。

地球に向かって勝手に弾を撃ち込みやがれ。それにしても、この猛烈な艦砲射撃の様子では、敵上陸の気配《けはい》濃厚だ。大隊本部から、各中隊にこの情報が伝達された。

機動部隊空襲開始以来、もう三日になる。その間、味方はたたかれっ放しだ。味方の艦隊がもうそろそろ来てもよさそうなものだ。味方の艦隊が来るのかな。夕暮れ前、敵艦隊は砲撃を中止して引き揚げて行った。

「敵輸送船団、グアム島沖通過」

しばらくして、艦隊司令部からこの情報が入った。いよいよ敵の上陸は必至になってきた。

「敵上陸に備え、わが部隊はただいまより対空戦闘配備を解き、全員邀撃《ようげき》戦闘配備に切り替える。所定の見張員を灯台山陣地に残し各隊洞窟内にて待機すべし」

この旨の、部隊命令が下された。

灯台山複廓陣地の洞窟は二つ、上の方に第二、第三中隊、下の方に大隊本部、第一中隊、および医務、主計、運輸、工作など各隊がそれぞれ分散して、ここに出撃準備を整え、待機することになった。

六月十四日。

敵上陸必至。いよいよわが部隊の活躍する時機が到来している。これに備えて、今日は洞窟内で鋭気涵養《かんよう》にこれ努める。

昨日とまったく同様、早朝から敵艦砲射撃がはじまり、敵機も全島をわがもの顔に飛び回る。こうなったらこっちの用事のあるのは、上陸してくる敵さんだけだ。どこでも勝手にたたきやがれ。退屈しのぎに、ときどき洞窟の入り口に出て、高みの見物というところだ。敵を攻撃し得る味方の兵力は、一体どのくらいあるのだろうか。

海軍の方は、落下傘部隊の唐島部隊が約六百五十名。ガラパン町の外れにある陸上警備隊が約四百名、あとは航空隊や通信隊の基地員で寥々《りょうりょう》たる有り様だ。

この島の防衛の主力たる陸軍は、備《そなえ》師団、誉《ほまれ》師団の二個師団だが、これは数ヵ月前にようやくこの島に到着したところ、しかもつい最近揚陸したばかりの部隊もある。こんな状況で、配備だけはなんとか終わっているようだが、肝心の陣地構築の方はどうなっているのだろうか？

しかも輸送の途中敵の潜水艦にやられ、この師団の半数あまりは、完全に小銃一つさえ持たない丸腰のみじめな姿である。また上陸して来た陸軍兵を見ると、四十前後の応召兵が多く、おまけに丸腰ときている。なんだか開拓部隊のような感じを受ける。結局陸軍で武装しているのは約一万人そこそこというところだろう。それもほとんど小銃が多く、重火器はあまり認められないようだ。

こうみてくると、二万人以上の大部隊である陸軍も、あまり大したことはなさそうだ。否、こ奴《いつ》ア、当てにならないぞ。

こうした陸海軍部隊あわせて都合約三万人、これが在サイパン島の日本軍兵力の全貌であろうか。味方の兵力がどうであろうと、我々は突いて突いて突きまくるだけだ。敵の奴をこの島にひきつけておいて、一挙にこれをたたきつぶすという味方連合艦隊の作戦だろう。

サイパンが奪《と》られたら、日本本土が危ない。日本海軍がこの島を見捨てるはずがない。我々は敵を海中に突き落としてこの島を死守するのだ。

「今にみろ、日本の連合艦隊が出現して片っ端からやっつけてみせるから」

夕方になると敵は決まって沖合に引き揚げてしまう。今日もまた夕の扉が閉ざされんとして砲撃はやんだ。

六月十五日。

夜の扉が静かにひらかれていった。眼下にひろがるサイパンの真っ暗な海が、薄明に浮かび上がった水平線の方から、こちらの島の方に向けて徐々に白んでくる。そして朝凪《なぎ》の静かに爽やかな、真っ蒼いサイパンの海が、われわれ人間に、今日一日の活動の息吹を、楽しく大らかに吹き込んでくれる。南洋の島々に住む人々にとって、目に見えるだけの海はみな自分のものなのだ。少なくとも心の生活にはなくてはならない海なのだ。

もうこの島に来てから八ヵ月あまり、落下傘兵にもサイパンの海は誰のものでもなく、自分のものとなっていたのだ。そして大きくは日本の海なのだ。

だが今朝は違う。明けかかったサイパンの海は、敵艦船でギッシリとつまっていた。我々の海は今、輸送船を含む敵艦船に覆われている。サイパン沖からテニアン水道にかけて無慮数百隻。

「すごい。敵ながらまったくすごい」

これまで、こんな大艦隊を見たことがない。しばし何も忘れて感嘆するばかりだ。

これではまるっきり桁《けた》違いだ。日本艦隊もちょっと手が出せそうにもないぞ。感嘆は思わず嘆声に変わりそうな気がする。

敵の砲爆撃は、すでに開始された。もうもうたる砲爆煙。これを通して洞窟の入り口から敵艦船を大ざっぱに数えてみた。合計約二百五十隻ぐらいだ。

オレアイを中心にその南チャランカの方にかけて敵の全砲弾、全爆弾が、猛烈に集中されている。敵の上陸点は、オレアイ付近なること確実となった。

オレアイからチャランカにわたる海岸は、完全にリーフに囲まれて、上陸用舟艇の航行は不可能だとされていた。そのオレアイにいま敵が上陸しようとしている。敵の小型舟艇がリーフ前線付近を右往左往している。進入路を捜しながら水中爆破をやっているようだ。

〇八〇〇、敵上陸用舟艇群が一斉に陸上に突っ込んできた。その数約二百五十隻。

敵の砲爆撃がますます猛烈に海岸に集中している。味方の砲は五日間の敵の猛攻の前にほとんどやられてしまったのか。

敵艦砲射撃は、海岸を飛び越えて山手の方向にも向けられてきた。敵は味方の発砲の煙を見るや、すかさずこれに砲爆撃を浴びせてくるのだ。味方陸軍が上陸中の敵を攻撃中なのであろうが、この猛烈な敵の砲爆撃ではしばしどうにもならないはずだ。

落下傘部隊には、艦隊司令部からまだ何も命令が下されていない。

艦隊司令部の意向は、落下傘部隊を最後の切り札としてしばらく手元に温存しておきたいように感じられる。

「何をしているんだ。一刻も早く敵の上陸点のド真ん中に突っ込ましてくれ。敵が橋頭堡を固めてしまってからではどうにもならないぞ」

宿敵米軍を眼前に置いては、はやる心を抑え難く、ギリギリと焦躁の念にかられるばかりだ。

唐島司令と村山副官が、かわるがわる艦隊司令部へ押しかけて、敵上陸点突入の意見具申《ぐしん》をしているらしかった。

オレアイ付近海岸に、敵はいつしか上陸の橋頭堡を確保じたらしい。艦隊司令部直衛に派遣された第二中隊の報告によると、敵の尖兵《せんぺい》らしきものが早くも南ガラパン付近に迫りつつある様子。

司令部からの情報が、刻々に隊員に伝達されていった。

「敵上陸軍兵力は、約三個師団にして、なおこのほかに増援軍ある見込みなり」

「敵上陸軍は戦車を有する機械化部隊にして、所在陸軍部隊は現地を死守しおるも、その被害甚大なり」

この時、艦隊司令部から唐島司令に対し、出撃命令が電話で伝えられてきた。

日本刀を握り決然と起立した唐島中佐は、部隊員に向かい、おもむろに口を開いた。

温厚沈着の司令の顔には、断呼たる決意の色がみなぎっていた。

「味方部隊の敢闘により、数次にわたり敵上陸軍を水際に撃退せるも、味方の被害また甚大にして、ついに敵に上陸を許すに至った。わが部隊は陸軍部隊と協力、本日夜襲戦を決行し、この敵を海中に撃退殲滅《せんめつ》することに決定した。落下傘部隊の名誉と伝統にかけ、十分にその本領を発揮して勇戦奪闘することを望む」

司令は、最後に、

「絶対に、捕虜にはならないようにな」

と、温顔の中に慈愛をこめた眼《まなこ》で隊員を見つめながら、こう付け加えた。

いよいよ来るべき時が来たのだ。この圧倒的砲爆撃下、優勢なる敵のまっただ中に飛び込んで、誰が生還を期するものがあろうか。一瞬、悲壮なる緊張の空気が洞窟内の隊員を包んだが、また元に帰った。

「こうと決まれば、あとは気が楽だ」

歴戦の落下傘兵は、諦めもいいし気分の転換も早い。出撃命令が下らず、今か今かと待っていた落ち着かない気分から解放されて、ほっと一息、やれやれというところだ。

出撃までまだ時間があるので、武装を緩めてしばらく洞窟内で寛ぐことになった。

司令から中隊長へそして隊員へ、本日の夜襲計画が示されていった。
一、夜襲発動地点は司令部付近、凹地の密林内。各隊は一五〇〇（午後三時）、順次に洞窟を発進し夜襲発動地点に進出すべし。
二、夜襲隊形は、敵に向かい海岸側より第一、第三中隊の順。部隊本部はおおむね第一中隊とともにあり。
三、夜襲発動時刻は、一八〇〇（午後六時）以後特令す。
四、味方陸軍部隊（河村部隊と記憶す）は、わが部隊と呼応してオレアイ南方より敵上陸軍を挾撃する。
一五〇〇、いよいよ発進だ。全員起立、祖国日本に向けしばし黙禱を捧げた。

第一中隊長（斎藤大尉）は、長い槍（落下傘部隊に装備されていた折り畳み式のもの）を担いでいる。

彼は隊員に向かって叫んだ。

「突いて突いて突きまくれ。みんな若さと元気で行こう」

若さと元気は、一中隊長のいつもの十八番《おはこ》だった。

敵の砲爆撃の間隙をぬって、各個前進で各隊ごとに、発動地点に向かった。発動地点の凹地の密林内に夕闇が迫り、やがて真っ暗になっていった。各自ポケットから味方識別の白たすきを取り出し、これを肩から掛けた。

パッと、周囲が明るくなった。

「伏せろ！」

隊員は、叢の中に一斉に伏せた。海上の敵艦から、照明弾が射ち上げられたのだ。

一中隊の小林少尉を長とする将校斥候が、前方の暗闇の方へ向かって出発して行った。その後ろ姿が照明弾にボーッと描き出される。やがてその影も見えなくなってしまった。そして、それは永遠に還らぬ影だったのである。

「発進」

弓の矢は放たれた。部隊は、声を殺し粛として進んで行く。

パッと照明弾が頭上に揺らめく。とっさに隊員は伏せた。ボーッとそれが消えかかる。部隊は前進する。

敵の艦砲射撃が続いている。細い光をひきながら、その砲弾が山手の方へ流れていく。一束になった敵弾が、オレアイの敵上陸点の方から飛んで来て、不気味なうなりを発しながら付近に落下する。我々がポンポン砲とかなんとか聞いていた、あの小さな砲から発射されるロケット弾の一種だろうか。敵の砲爆撃で土は掘り返され木は倒れ、まさに山形改まっている。歩き難い。つまずいてときどき味方が倒れる。それを乗り越えて前進する。

もうガラパンは通り過ぎてしまったろう。後ろの方に、なおも燃え続けているガラパンの町の火の手が、明るく見える。

まだ、敵にぶつからない。敵の照明弾に部隊が露出されて、隠密の接敵はきわめて困難だ。伏せたり進んだり倒れたり、いろいろの邪魔物で部隊の前進は思うようにはかどらない。

「ぐずぐずしていると夜が明けてしまうぞ、我々の装備では夜襲しか、ほかに手はないのだ。夜が明けたら一大事、万事休すだ」

「隠密接敵もへちまもあるものか。それ行けッ」

部隊は、オレアイ、ガラパンを通ずる道路上に出た。部隊の出足は早くなった。敵駆逐艦の砲弾が付近に落下した。

「伏せろ」

見つかったかな。いや大丈夫だ。

「それッ」

道路上と、その両側を前進した。

「敵の奴いないじゃないか」

もうぽつぽつ、オレアイ不時着場の前端に近いところだろう。だが山形改まってはっきりわからない。

南方チャランカの方向からは、陸軍の河村部隊が敵を押しながらこちらに向かって攻撃前進してくるはずだ。左山手の方は味方陸軍が頑張っていて、機をみて敵を海の方へ追い落とすことになっている。我々はこれに呼応して、北方から敵を挟撃し、これを海中に突き落とすのだ。

「味方に遅れるな。こうなったら照明弾もくそもあるものか。夜が明けたらおしまいだ。それッ、押せ、押せ」

部隊は、さらに前進速度を早めた。だれかが足をとられてバタッと倒れる。起きる。前進する。喉が乾いて苦しい。何くそっ！　味方に遅れてたまるものか。こうして部隊はしゃにむに前進を続けた。敵の照明弾が頭上に降り、部隊を照らす。

左前方高地に向かって曳光弾が飛んでいる。敵はすでに山手の方向に入り込んでいる。味方陸軍がこれに反撃の射撃を浴びせる。敵駆逐艦の砲弾が味方の陸軍の発砲の閃光《せんこう》めがけて集中される。

傍に味方陸軍の兵が斃れていた。この付近守備の暁部隊（陸軍船舶部隊）らしい。

「もう、敵の第一線の中だぞ」

「前方に、敵兵」

味方の誰かが叫んだ。いるいる敵の鉄カブトが、照明弾で光って見える。夢にまで見た敵兵だ。それがいま眼前にいる。ムラムラッと敵愾心《てきがいしん》が湧く。

「突撃用意」

味方重擲弾が、ヒューと快音を発して一斉に発射された。

「突ッ込め！」

部隊は雪崩《なだれ》を打って突進した。ガ、ガガガ……ガン。味方重擲弾の炸裂。敵の照明弾が数を増した。部隊は完全に照らし出された。敵弾が雨と注がれて、目の先がくらむようだ。バタッと走っていた味方が倒れる。

「押せッ押せッ」

屍を乗り越えて、突進した。敵はバラバラと逃げ出した。

「逃がすな」部隊はさらに突進した。ついに敵の第一線突破。味方陸軍兵の死体が転がっている。まだ二、三名が爆弾の穴の中で頑張っていた。全身血だらけの陸軍の中尉ぐらいの人だった。暁部隊だろう。一個中隊ほどの暁部隊は全滅して、生存者一、二名との話だ。

「退がって、傷の手当てをしてやってくれ」

「嫌だ、俺はここで死ぬ、落下傘部隊頑張ってくれ」

陸軍暁部隊は、この地を死守して敵と斬り死にしてしまっていたのだ。

「暁部隊、よくやってくれたぞ。きっと仇を討ってやるからな。俺たちはこれからまた突っ込むぞ」

「前方に敵」

「それッ」

こ奴を海中にたたき込め。部隊は突進した。敵はまた逃げた。

「敵の奴、まるで脆いぞ」

部隊は海岸に向きを変えた。オレアイ不時着場の前端付近の海岸だ。

「後ろに敵」

「もっと海岸に突っ込め」

前方の敵を追って突進した。

「味方陸軍はどうした。一向に姿を見せないではないか」

部隊はすでにバラバラになっていた。隊形の整理もできない。

夢中になっているうちに夜が明けていた。

「海岸に沿って、敵のど真ん中に突っ込め」

中隊、小隊入り乱れたまま、オレアイ不時着場を海岸に沿って走りだした。
ダ、ダダダダ……。前方の敵から、猛烈な機銃弾が飛んできた。生存の隊員は、敵弾でムクレ上がった土塊や爆弾でえぐられた穴を利用し、これに反撃を浴びせた。
海上の敵駆逐艦の艦砲射撃が、部隊に集中されだした。砲煙と土砂の中に、次々と味方が吹き飛ばされていく。上陸地点の方向から敵ロケット弾の束が部隊に集中されてきた。

時刻は〇八〇〇頃か。

次々と味方は斃れていく。このままでは味方の全滅は時間の問題だ。

「もっと、敵に接近しろ。敵の胴元に食いつけば、艦砲射撃もできなくなる」

部隊は、匍匐《ほふく》前進でジリジリと前進する。その間に一人二人と斃れていく。前面の敵火力はますます猛烈になるばかりだ。

「前方に、敵戦車」

かねがね聞いていた敵のM３戦車だ。射撃しながら次第に接近してくる。敵戦車の一斉射ごとに、味方が五、六人ずつ吹っ飛ばされていく。味方の軽機弾が命中するが、全然受けつけない。

「肉薄攻撃用意」

敵戦車の傍の穴から、味方が飛び出してその死角に食い着いた。破甲爆雷を戦車の胴腹に張りつけた。……一秒、二秒……ガ、ガガガ……ン。味方破甲爆雷が炸裂する。敵戦車が動かなくなり、射撃がやんだ。

「やったぞ」

その喜びも束の間だった。敵戦車は再び動き出した。

味方は次から次へ、破甲爆雷を抱いて、敵戦車の横腹めがけて飛び込んでいく。だが駄目だ、ああ戦車砲が欲しい。しかしもう遅い。その間にも味方はバタバタと斃れていく。幌馬車に群がるインディアンのように。

一中隊長の直前に敵が見える。米兵だ。グラグラッと憎悪と敵愾心が湧き上がった。

「この野郎ッ」

一中隊長（斎藤大尉）は、ヒラッと爆弾の穴から飛び出し、長槍をしごいてこの米兵に襲いかかった刹那、これに敵弾が集中されバッタリとたおれたまま動かなくなった。

味方正面の敵は、依然として射撃をつづけている。味方がこれに反撃の射撃を浴びせるが頑として退却しない。

「敵の奴、これまで退却ばかりしておったのに、今度は馬鹿に頑強だ。ひょっとしたら陸軍の河村部隊かもしれないぞ。味方討ちに気を付けろ」

とっさに村山副官が立ち上がり、日の丸の旗を振った一瞬、ダ、ダダダ……と敵の一斉射撃に、あっという間にのけ反《ぞ》った。

「敵だ。前面も側背も皆、敵だ」

敵駆逐艦の砲弾が敵機の爆弾が、土砂とともに部隊員を吹き上げ、敵戦車砲弾が味方の手脚をちぎって吹き飛ばす。

味方は支離滅裂だ。いな、すでに生存者はいない。副官の戦死に引き続き、唐島部隊長もすでにたおれてしまった。落下傘部隊はほとんど全滅した。

残るのは何名ぐらいか。自分だけは、まだ生きている。K兵曹（本文談話の主）は、重傷の身体でピタッと敵戦車の死角に張り着いている。この死角からちょっとでも離れたらもう命はないのだ。

味方は全滅して、彼我の激闘は終わった。太陽はすでにだいぶ西に傾きかけている。どうしてこの敵と離脱したかわからない。山手の密林へ潜り込んでいた。そして味方陸軍部隊に収容され、ドンニーの陸軍野戦病院で手厚い看護を受けることになった。

またたく間に数日は過ぎた。傷は案外軽かった。

「動ける身でこうしているのは申しわけがない。部隊洞窟へ帰ろう」

こう決心してK兵曹が部隊洞窟に帰ったのは、六月十八日頃だった。

香取灯台付近の部隊洞窟には、重傷を負った五、六十名の落下傘兵が収容されていた。生き残った元気なものは二、三十名だった。そしてすでに灯台山陣地に頑張っていた。この時、すでに敵はアスリート飛行場、タッポーチョ山、ガラパン町に侵入していた。

また敵の一部は灯台山にも迫ってきた。

六月十九日頃。

艦隊司令部は司令部通信機を爆破し、ガラパンから電信山へ移動した。これに伴い生存の落下傘兵のうち重傷者は電信山付近の地獄谷に集結させ、残りで灯台山に立て籠ることになった。

十九日頃には、味方連合艦隊がこの島に殴り込みをかけてくるとの噂が、どこからともなく隊員の耳に入っていた。それが、今では唯一の頼みの綱であり生命の灯なのだ。

「我々は、最後までこの島で頑張ろう」

落下傘兵はこう考え、灯台山陣地を守っていた。

六月下旬頃。待ちに待った味方連合艦隊も、ついに出現しなかった。灯台山を死守した落下傘兵も次々にたおれ、敵に突破されてしまった。電信山から地獄谷へ、バラバラになって撤退した。

電信山にもすでに敵は迫っていた。まさに孤城落日、敵に突破蹂躙《じゅうりん》されるのも時間の問題だ。地獄谷の重傷の落下傘兵の一団、敵の魔手は刻々と迫ってきた。

「敵だ！」

敵兵がまた敵兵の幻影が、深傷を負って動けない落下傘兵の目に映じた。

「さらば、日本。お父さん、お母さん」

「さようなら」

パーン。轟声一発、落下傘兵の手から自決の拳銃弾が発射された。次から次へこれに和するかのごとく発射されていった。重傷者全員、地獄谷に自らの生命を絶ったのであった。

七月五日。

サイパン島北端バナデルに、生き残りの、日本人全員が、陸軍も海軍もそして邦人もことごとく追いつめられた。これから先は海だ。もうこれ以上、退がれようのない絶体絶命の窮地に追い込まれてしまったのだ。

七月七日。

誰からともなくどこからともなく、「総攻撃だ」という命令が飛んだ。「ガラパンへ集まれ。そして反撃だ」誰かが、叫んでいる。絶体絶命の窮地から脱すべく、人間の本能が命じた命令であろう。烏合《うごう》の衆となって、またガラパンの方向さして雪崩れていった。

すでに軍隊ではなかった。組織も統制もない。一人一人の人間の集まりであるに過ぎなかった。この一人一人の人間が、これからいかにして戦い、いかにして生き、また死んでいったか、それはわからない。

個人個人の理性、人間性といったものが、人間本能とからみ合って、美醜様々な場面をこのサイパン島内に現出したであろう。この人間の群れの中に、K兵曹の流浪の生活がはじめられていったのである。

第七章　マリアナ降下作戦

幻の剣作戦

戦局のしからしむるところとはいえ、サイパン島の海軍落下傘部隊は、すでに第一線作戦部隊として海軍より見捨てられ、あたら奇襲能力を発揮し得ずして、全員非業《ひごう》の最期を遂げてしまった。そして潜水艦による奇襲上陸部隊として海に潜った、われわれ落下傘兵よりなる佐鎮一〇一特別陸戦隊は、トラック島とラバウルに両分されたまま、輸送の脚を奪われて身動きがならず、さつま芋のつるで露命をつないでいるのが精いっぱいという状況で、内地には訓練された一兵の落下傘部隊隊員も存在していなかった。

終戦間際《まぎわ》になって、トラック島の私に内地への転勤電報がとどいた。日本本土もいよいよ大詰めに近づいて、私に沖縄にでも降下しろというのだろう。

こんなことを想像しながら、おりから孤島に対する補給を兼ねた迎えの潜水艦が、敵機の目をかすめてトラック港に入港したので、私はこれに便乗して出港することになったとたん、出港しばらく待ての電報に接し、不思議に思っていると、終戦の詔勅が渙発《かんぱつ》されたとのことであった。

我々が待ち望んでいた降下作戦命令が、すべてを諦めて神妙に孤島に飢餓と戦うことを天命と、やっとのことで悟《さと》りを開いてしまっていた頃になって、思い出したようにに出されていたのであった。

この作戦は、いずれも敵の急テンポな作戦速度の前に、また未曾有の原爆投下にうながされた終戦の詔勅の渙発のために、ついに実現するにいたらなかったのであるが、これは本土決戦の最後の切り札として水中特攻とともに、恐らく当時の海軍がその全力を挙げて、この作戦遂行のために最優先的な諸準備が進められていた、きわめて重要な作戦であった。そこで降下作戦がこの期《ご》に及んで必要になってきた。また少数の最高幹部と、関係部隊長のほかに、誰もが関知しなかった終戦直前の秘録であるという意味において、この実施部隊であった呉鎮一〇一および横鎮一〇五特別陸戦隊の両司令談にもとづき、あえて公表するものである。

「敗戦の将、兵を語らず」という。いわんや計画のみに終わったこの作戦を自ら公表することは、豪快にして快淡なる両司令の好まざるところではあったが、私の両氏に対するたっての要望に、亡き戦友の霊への餞《はなむ》けとして、また万策をつくして連合軍の本土上陸に反撃せんとする海軍の苦衷《くちゅう》の一端と、この作戦に潔《いさぎよ》く参加した若き部隊員の意気、清純さ等をうかがう一つの手段として、今何らかの意義あるならば、ということで、とくに承諾を得たものであることを、一言断っておきたい。

昭和十九年七月、サイパン島が陥落して、四ヵ月目、早くも敵B－29の日本本土爆撃が始され、二十年三月、硫黄島もまた陥落して以来、日本本土はB－29のみならず敵戦闘機の攻撃圏内に入り、内地の主要都市は焼土と化していった。

味方邀撃戦闘機も圧倒的多数の敵機の前に歯が立たず、これに加えて搭乗員の練度も、開戦時とは問題にならないほど低下し、日本本土は敵機の跳梁にまかせるより手の下しようがなくなってきた。

とくにいくたの戦訓から改良に改良を加えられたであろうB－29の性能は、攻撃力、防御力ともに開戦当初よりは顕著な進歩を見せ、下手をすると味方戦闘機さえもこれに食われてしまう状況になっていた。そして大挙来襲するこのB－29の爆撃には、ほとほと手を焼いていた。

日本本土の飛行場をシラミつぶしにたたいていたB—29は、さらに軍事工場へ、そしてついに、本土決戦の最後の切り札として温存してあった、味方航空機と水中特攻の基地にまで、その矛先《ほこさき》を向けてくるようになった。

このまま放置すれば、本土決戦の計画もついに実現不可能となってしまうこと必定《ひつじょう》である。何よりもまず、このB—29を潰滅《かいめつ》させてしまうことが当面の緊急事である。そしてB—29による本土爆撃がなくなってしまえば、特攻兵器の生産も可能となり、本土決戦の計画にも、一縷《いちる》の光明を見いだすことが出来るようになる。

こうして本土邀撃戦に当たっては、海軍が主力となって上陸軍の三分の一を水際までの間に激減し、あとの三分の二は、陸軍の機動兵団が陸上でこれをたたいてしまうというのが、大本営、軍令部の大体の作戦方針のようであった。

十九年六月、沖縄が陥落した。その勢いをかってやがて日本本土に上陸作戦を展開してくるのであろう。その時期はおおむね九月、十月頃と判断されていた。

敵B—29を潰滅させる策はないか。しかも一日を争う緊急焦眉《しょうび》の問題であった。万難を排し万策を傾けてこれを実行しなければならない。これが当面の本土反撃戦を成功に導く唯一の道だったのである。

だが、味方戦闘機だけではどうにもなるはずがなかった。

何か別途な奇抜《きばつ》な妙案はないか。そしてついにその案として、B－29を潰滅させるべく降下作戦計画が、諸準備が、秘中の秘として真剣に最高幹部の間に樹てられるに至ったのである。

この幹部の顔ぶれは、大西瀧治郎中将、高松宮殿下、軍令部鹿野中佐、総隊参謀の浦部中佐、千早少佐および横須賀航空隊の実験主任であった角田中佐などであった。

サイパン、テニアン、グアム島を主な基地として、マリアナ群島には敵B－29約千二百機が配置され、各飛行場せましとばかりにいっぱいに並べられているようだった。

当時の推定では、米国のB－29の月産は約百七十機だった。従って、マリアナのこの千二百機を潰滅させれば、今後約六ヵ月間は日本本土はB－29の本格的な爆撃から免れることになって、その間に本土邀撃戦闘の諸準備を充実することが可能となってくる。

これより前、陸軍の空挺隊が、重爆呑龍《どんりゅう》三機をもって、比島レイテ島の敵飛行場に、薄暮奇襲着陸を決行し、一昼夜にわたってこれを制圧した。同じく陸軍高千穂《たかちほ》空挺隊（編集部注：実際は義烈空挺隊）は、重爆十一機をもって沖縄の小禄《おろく》飛行場（編集部注：実際は嘉手納と読谷飛行場）に強行着陸を敢行して、うち九機がこれに成功し、約一週間飛行場を混乱させたなどの先例があった。

勝ち誇った敵は、本土攻勢に気を取られて防御にまでは手が回らず、とくに一三〇〇海里（約二四〇〇キロ）の海洋を隔てたマリアナの後方航空基地は、飛行場いっぱいに飛行機がならべられてはいるが、その防御たるや、きわめて手薄のようであった。

この敵の油断と防御の手薄に乗じ、マリアナの敵飛行場へ隠密裡に強行着陸することは、さきの陸軍空挺隊の例からしても成功の可能性があった。

かくして、敵B－29をまとめて焼き払ってしまうことが、これの撃墜に万策つきはてた今日の状況では、もっとも効果的かつ唯一のやり方であった。そして、この作戦計画、準備が着々と進められていた。この実施部隊として、三百ないし四百名よりなる強行着陸隊数隊が編成されつつあった。

これらは大西中将を最高指揮官として、第三航空艦隊に所属されることになり、鵬《おおとり》部隊と称した。

まず横鎮一〇五特別陸戦隊（指揮官・加賀誠少佐、兵学校六十五期）が、千葉県館山海軍航空隊において編成され、訓練整備のうえ青森県三沢航空基地へ作戦のため移動した。この隊の兵力は、二十歳前後の若い搭乗員ばかり約三百名であった。

鵬部隊員の人選には、最優先権が与えられていたようで、人事局長の命令で最優秀の下士官を充当することになっていた。

作戦計画、打ち合わせなどは、企画の漏洩《ろうえい》を絶無にするため、作戦参謀から部隊長へと口伝によって行なわれ、従来取られてきた文書をもってする命令などはいっさい用いられなかった。（従って、今日においては、この作戦を裏付ける文献はほとんど存在していないと思われる）

作戦実施計画の概略は——銀河（双発、高速の陸上爆撃機）を改装して全部銃口を下へ向け、二〇ミリ機銃二〇基を装備したものと、小型爆弾多数で爆装したものと二種類の特攻機を用意し、これが第一次部隊として、まず敵飛行場のB－29に対し猛烈な銃爆撃を浴びせる。間髪をいれず第二次部隊たる強行着陸隊が敵飛行場へ滑り込み、特殊爆薬を携行した人間が地上でB－29を徹底的に焼き払うという方法であった。

まさに捨て身の特攻作戦であった。しかも、日本の運命がこの作戦につながっているに至っては、正直なところ身は鴻毛《こうもう》の軽きにおく心境ではあっても、その任やあまりに重く、これが成功に一抹の不安を感じないわけにはいかなかった。

もはや太平洋戦争が、日本の勝利に帰するというような確信などを持ってはいなかったが、幕末志士の意気が後世に生きて貢献したように、隊員の多くは昭和の志士として潔く散ったのちの日本に、否《いな》後世の日本に、その効果を望むという、冷徹《れいてつ》、悲壮な心境であったろう。〝業詳《わざくわ》しからざれば胆大ならず〟とは、海軍の訓練標語のようなものだったが、いかに素質優秀、意気軒昂《けんこう》たる隊員といえども、敵の急速度の作戦速度訓練などをもってしては、その練度も作戦要求に応えるべく、いささか物足りない憾《うらみ》を禁じ得ない。

当時私の隊員はトラック島とラバウルに両分され、もんもんの情をかこっていたが、私の佐鎮一〇一特別陸戦隊と同じ目的のために編成されていた呉鎮一〇一特別陸戦隊が、私の隊とは逆に戦局の推移に伴って潜水艦の足を奪われ、輸送機に乗り換えて、強行着陸によって敵地に赴くことになった。

この隊は、主として館山海軍砲術学校を基地として訓練していたが、十九年六月、解散した佐鎮一〇一特別陸戦隊の兵力を合併して四百五十名の部隊となり、隊長以下いわゆる猛者《もさ》揃いの精鋭であった（指揮官・山岡大二少佐、兵学校六十三期）。

鵬部隊の作戦の皮切りに、すでに練度を積んだこの呉鎮一〇一特別陸戦隊に、マリアナ方面強行着陸の作戦命令が下ったのである。攻撃目標はサイパン、テニアンおよびグアム島のB—29であった。

日本中の一式陸攻を掻き集めてようやく三十機を整備し、三沢航空隊に勢揃いを行ない、呉鎮一〇一特別陸戦隊の四百五十名も、すでにここに集結を終えた。

敵B―29の翼は平滑なため、爆薬が装着後、滑り落ちる心配があり、かつ翼が高くて手が届きかねるので、このために柄の着いた吸盤装置が特別に造られ、どこにでも爆薬が吸い着くようにあらかじめ準備されていた。

開戦時と異なりこの頃は、搭乗員の技量《ぎりょう》が低下していて、暗夜では編隊飛行は不可能の状況にあったので、やむなく月明を利用して決行することになった。従って、作戦可能な時期は一ヵ月のうち、月明の数日に限られていた。

第一回決行予定日を、七月十四日とした。一機には、約十五名あて搭乗することになっていた。

ところがこの日、敵機動部隊が東北、北海道方面を空襲し、このためにせっかくの輸送機はほとんど焼かれてしまった。このために、やむなく次の月明を待って再び決行することになり、翌月の八月十九日頃を予定日と定めていた。

この間に、それこそ四苦八苦して六十機の一式陸攻を寄せ集めて整備し、なんとか飛行機の方は都合がついた。

呉鎮一〇一特別陸戦隊が決行した後、引き続き海軍の一式陸攻で、園田直大尉（後の外務大臣）のひきいる陸軍空挺部隊が同じ作戦を行なうことになっていた。

八月六日広島に、八月九日長崎に、それぞれ原子爆弾が投下された。原爆機は、テニアン島飛行場から発進したものと噂されていた。

一刻も早く、テニアン島飛行場の焼き討ちを決行しなければならなかった。だが月明の来ないうちに、終戦の大詔《たいしょう》が渙発されてしまった。作戦決行の四日前であった。

この作戦は、剣作戦と称した。もし月明が四日早かったならば、今頃は呉鎮一〇一特別陸戦隊隊員は幽明境《さかい》を異にしていたかもしれない。

トラック島の私の佐鎮一〇一特別陸戦隊の落下傘兵の頭は、椰子油でキチンと七三に分けられて、これだけがさびしく作戦の名残を留めていた。

人間万事塞翁《さいおう》が馬《うま》。禍福はあざなえる縄のごとし、とか。

人間の運命は、一定の定めあるがごとくして定まらず、また計り知るべくもない。ただ、戦前も戦時もそして戦後も、依然として変わらぬものは、悠々たる天地と万物流転《るてん》の法則か。

こいねがわくは、我々が国を愛する善意もこの中に加えてもらいたいものだ。否、そう努めなければならないのだ。

付章　落下傘と落下傘降下

各国の落下傘部隊

「落下傘で、開くまでの気持は、一体どんなものですか」

と、今でもこんな質問を受けることがしばしばある。

もちろん落下傘降下の気持は、人によって、それぞれ違うかもしれないので、私一人だけの答えで済ませることは、妥当なものとはいえないだろう。

だが終戦後、落下傘部隊の訓練や落下傘降下のことをあたかも地獄のそれのごとく、一部人々により喧伝されたことは私は正当なものとは思わない
ものごとには、なんでも例外ということがある。全然意志のない人はオートバイに乗るのさえ、嫌なものであろう。まして落下傘降下などなおのこと、嫌なものであろ

う。あるいは地獄の仕事だとも感じられるかもしれない。

私は、これまで述べた降下訓練の中に、特殊の例外は書かなかったが、横須賀航空隊での最初のテスト降下の時、若年のある練習生は、飛行場上空に来ても飛び降りず、さらにもう一回飛行機に旋回してもらい、ここでやっと降下していったのを知っている。また、館山航空隊における急速養成訓練のおり、これも若年兵だったが、機体から飛び出しかけてからこれにしがみつき、空中にぶら下がって脚をばたばたさせていたが、ついに手をもぎ取られて落ちていき、やっと開いたということもあった。しかしこれは、数千回の降下の中のきわめてわずかの例外でしかない。

私のいいたいことは、これらの例外の一面だけをことさらに取り立てて強調した、一部の批判なり所見などというものは、たとえば落下傘降下の気持というような概念を正確に伝えたものではない上に、誤った認識を第三者にうえつける意味において、害毒をなすということである。

その次に、落下傘降下は落下傘部隊だけがこれをやるといった特殊なものではなく、もっと広く一般、とくに青年の間に普及されてしかるべきものと考える。

私の体験からして、落下傘降下は強健な身体をつくり、剛健な精神を涵養《かんよう》する上にきわめて大きな効果をもたらすものと考えている。

以上のような意味で、落下傘および落下傘降下の諸問題を、ごく大ざっぱではあるが、ここに断片的に触れてみたい。そして、これらに対するより正確な認識を、いくぶんなりとも深めていただくことができたならば、私のもって幸いとするところである。

さて、話をもとへ戻して、落下傘降下の気持とは、一体どんなものなのか。奈落の底にスーッと落ちて、ハッとわれに還る。あの、気持の悪い夢、そんなものなのか？否、ノー、ノーである。

降下訓練その他の項で、すでにこの問題に対する私の答えは、出つくしていると思うので、その代わりにソ連の高高度自由降下について、不備ながら私の聞いたものをそのまま述べてみる。

落下傘の本家本元といわれているソ連では、一九二九年に早くも武装兵集団降下を組織的に研究し、一九三六年十一月のモスクワ赤軍大演習の際、敵地深く降下するパラシュート部隊の大々的演習が行なわれるに至り、世界の話題となったが、その時の報告によると、落下傘部隊はソ連の青年男女の間でもっともポピュラーなスポーツとなっていたようだ。すなわち、『各地に落下傘学校、航空研究団体、落下傘中央同盟などがあって、第一線の教官を配して訓練をやっている。一方では、公園やスタジアムや農園などに落下傘塔があって、その数は約千以上もあるだろう。青年男女はその上から飛び下りて楽しんでいる。一九三五年だけでそのパラシュート運動に参加した人員は八十万人を下るまい』と。

これらの一般の落下傘降下のほかに、いわゆる高高度自由降下――例えば一万メートルの上空から落下傘を開かずにそのまま空中を降下し、地上二、三〇〇メートルのところで開かせる――が、一部の有志者によって行なわれていたのだが、これを地上で見物していたあるソ連のお嬢さんは、この離れ業にまさに気絶せんばかりに胆を冷やした。ところが、何かのはずみにこのお嬢さんがこれをやることになった。そうして、最初二、三〇〇メートルぐらいで開いてみたが、空中を落下中の気持は見物の時に味わった胆を冷やすような嫌な気持ではなく、非常に爽快なものであることを体験した。これに自信を得て、落下距離を次第に増していき、ついに彼女は高高度自由降下の、当時のレコードを作ったということである。

ソ連の落下傘部隊に非常な関心を持ち、独、仏、伊は、あいついでその訓練と研究をひそかに開始していたが、日本陸海軍ではこれよりずっと遅れ、昭和十五年末ごろ、やっとこれに取りついたというところだった。もっとも民間ではこれより数年前、一部の人々によって研究されていたようで、「開かぬパラシュート」事件の話も聞いてはいたが、その規模もきわめて小さなものであり、静止している塔の上から、あるいはごく速力の遅い飛行機から飛び降りる程度のものであって、一〇〇ノット以上の速いスピードの飛行機から降下しなければならない私たち軍隊の要望に応えるべき満足な域に達していたとは思えなかった。

海軍で飛行船を使用していた昔、飛行船乗りはこれから落下傘降下を行なったのだが、これはいわば静止している高い塔からの降下と同じものであり、この飛行船用の落下傘も、現代の落下傘とは構造の異なったものだった。

「開かぬパラシュート事件」について、当時の新聞記事は次のように述べている。

――「世界的実験の最中、落下傘開かず惨死、野中式記録成らず」(昭和十一年十一月)

世界に誇る優良なパラシュートとして、欧米数ヵ国の特許をとり、最近では先輩国から非常な注目を受けていた野中式パラシュート(発明者、野中肖人氏)の低空落下試験が、二十一日午後一時から洲崎飛行場で行なわれたが、これは国外の非常な注目をひき、来賓としては英、米、トルコ、ソビエトなど各国の大公使館から武官連が賑やかに列席して、非常な賑わいを呈し、午後一時五十分、日本パラシュート製作所技術員肥後清三君（一八）が、野中式直径七メートルのパラシュートにより、世界ではじめての最低空（三〇メートルの高度）から冒険降下を行なうことになり、発明者野中氏から観衆一同に紹介されたのち、サムソン複葉機に同乗して飛行場の東側から離陸した。

肥後君の実験以前に、ロボットによる低空降下にいずれも成功を収めていたが、同君のパラシュートはどうしたものか開かず、二時二分前、アジア飛行学校格納庫上空三五メートルから飛び降りた肥後君の体は、アッという間に、群がる自動車の前方約十間《けん》のところに落下して、ドウッという地響とともに即死した——

落下傘部隊を最初に実戦に応用したのは、この元祖であるソ連ではなく、イタリアであった。すなわちイタリア空軍は、例のエチオピア攻略戦に小規模ではあったが使用し、茫漠たるエチオピア戦線に降下せしめることによって、交通不便の同国をあれだけ早く征服したのであった。

本家本元のソ連が、実戦に応用する機会を握ったのはフィンランド戦争で、ソ連は第一線陣地よりはるか奥地の、フィンランド北方地区に降下せしめたが、意外にもこのソ連の落下傘部隊は、精悍《せいかん》なるフィンランド軍隊と住民によって、文字どおり一兵も残らず殲滅されてしまったのだった。

ドイツにおいては一九三五年、ベルリン警視庁が「第五列」と称する特別任務の部隊をつくり、いろんな手を使って敵を攻撃するために、ベルリンのある地帯へ空から落下させて演習を行なったことがあり、これがドイツ・パラシュート部隊のはじまりといえば、はじまりであろうが、この直後、最初の落下傘降下《デサント》部隊一個大隊ができ、次第に拡大強化されてこの部隊を「ゲーリング連隊」と称したのである。

このドイツ落下傘部隊が第二次大戦中に、ベルギー、オランダ両国に対する電撃作戦において、ロッテルダム、アムステルダム、ハーグなどの重要基地に空から奇襲を試み、当時全世界を驚嘆せしめたのであるが、このうちでもっとも手柄をたてたのは、ロッテルダムの飛行場占拠とマース河口のドルドレヒト橋を占拠して、ここに三日間頑張っていたことである。このためオランダ軍は二分されて、ドイツ機械化部隊にまんまと攻略される運命に追い込まれたわけである。

日本ではすでに述べたとおり、昭和十七年一月十一日、海軍がセレベス島メナド付近に、また二月十四日、陸軍がスマトラ島パレンバンに、二月二十日、海軍がチモール島クーパンに、それぞれ奇襲降下作戦を行なった。

この時の報道部の発表では、こんなこともあった。すなわち、海軍がメナド降下をやったので、これを発表しようとしたところ、陸軍がやってきて、近いうちに陸軍のパレンバン降下があるので、いま発表されると企図がばれるおそれがあって面白くないから、しばらく待ってくれとの注文だった。これには海軍も快く了承して、それではパレンバン降下のあとすぐに、海軍にもクーパン降下があるので、それが終わってから一緒に発表しようということになった。ところが、陸軍はパレンバン降下を行なったとたん、これをいち早く、発表してしまった。海軍のクーパン降下が終わらないのに、約束してひどいことをする陸軍だと、だいぶ海軍が憤慨したことがあった。

陸軍と海軍ではあまり仲がよくなく、私たちの降下実験も、各々別々に勝手々々にやっていた。いま考えると馬鹿々々しい話だが、これが事実だった。

この落下傘部隊は、うまく戦機をとらえての活用を上手にやれば、相当な戦果をあげることになるが、一歩誤れば、寡兵《かへい》軽装を免れないこの部隊は、全滅の危機にさらされたり、あるいはなんらの効果をもたらさない結果に陥るおそれがあるわけだ。

オランダ、ベルギー攻撃に、西部戦線では目ざましい活躍をしたドイツのデサント隊も、フランス戦線ではそれほど目立った活躍はみられず、ポーランド軍の連絡を遮断するため、上シレジア方面に降下したドイツ落下傘隊の大部隊は、全部そのまま捕虜になったということである。

今次大戦中、私たち海軍落下傘部隊は敵航空基地の奇襲占領だけに使われ、海軍の基地航空戦の推進力の片棒を担いだわけだが、結果から見て、強いて降下作戦をやらなくても所期の作戦目的は達せられたのであって、精神的効果は別として、陸海ともに落下傘部隊の真の面目なり効果を発揮したか、どうか、私はいささか疑問に思っている。

これらはただに昔語りに過ぎない。平和を希求し、太平の時節を謳歌すべき現在において、誰が再び戦火を望むものがあろう。そして落下傘部隊なるものも、この世から抹殺《まっさつ》され、過去の遺物となってほしい、そう願うのである。

しかしながら、私たちが生きんがために、また国際社会の中に日本国家が独立の道を歩むために、いくたの艱難や障害を突破していかなければならないことは当然であって、人間本来の平和を希求する心とともに、このため敢闘精神まで放棄してしまうことは許されないであろう。

落下傘降下というものが、この意味において、青少年の心身鍛練のためのスポーツとして適用されることも、あながち無益なことではないであろうし、落下傘部隊というものを離れて、スポーツの問題として今後有志者の間に、この問題が研究され論じられることは一向に差し支えないものであろう。

そこで、落下傘および落下傘降下に関する技術的問題の中から、直接の降下に比較的関係の深そうなものを拾い上げて、常識的に説明を加えてみよう。これらは、すでに旧知に属すると思うが、私の体験上の知識が、何らかの参考となるならば、もって光栄とする次第である。

落下傘の種類

分類の方法はいろいろあるが、一例を挙げると――
用途上から、人員用、物料用。携行のやり方から、背負い式、腰掛け式、手持ち式。開傘方式上から、補助傘開傘式、引き出し開傘式。そして、自分で開かせるか自動的に開かせるかによって、それぞれ、手動式、自動式に分けている。

補助傘開傘方式というのは、すでに説明したとおり、まず補助傘と称する直径六〇ないし八〇センチの小型落下傘が飛び出して風をはらみ、これが落下傘の中身の主傘を引き出して、開かせるのであるが、高い塔や、きわめて低速の飛行機から飛び降りる場合は別として一〇〇ノット以上の機速での降下になると、飛行機のプロペラの後流や人間の姿勢いかんによって、この補助傘が瞬間さまざまの方向に飛び出して、人体にひっかかったり抑えられたりして、そのために開傘が遅れたり、開かないことがあるから注意を要する。

応急落下傘を別に携行するなり、飛行機の高度を上げるなり（四五〇ないし五〇〇メートル以上と言う）して、降下しなければならない。現在使用されている搭乗員用の落下傘は、ほとんどこの補助傘開傘式のものである。

引き出し開傘式は、私たちが落下傘部隊用としてはじめて使ったもので、必ず一定の落下距離（約五五メートル）と落下秒時（約四秒）で開くので安全だが、特殊の目的の場合は別として、やはり前記補助傘開傘式におけると同様の注意をして、平常の訓練に臨まなければならない。詳しい説明は避けるが、この落下傘の開傘を、より確実安全にするため、落下傘の傘体と吊索を絹製の薄い袋に順序よく収納し、これを従来どおりさらに収納袋へ収納することにした、いわゆる内嚢《ないのう》式落下傘を使うようになって以来、不開傘の事故が皆無になっていた。

落下傘の構造

落下傘の種類によって若干ことなるが、落下傘部隊用の一式落下傘特型を標準として例示しよう。

主傘体（特殊羽二重）、補助傘（特殊羽二重）、吊索（絹製芯入丸紐）、収納袋（綿布製斜交二重ゴム布、およびアルミニウム板）、装帯（絹製扁条）、自動曳索（絹製二重組紐）、以上大体六つの主要部分より成りたっている。

落下傘の主な要目

一、使用材料の抗張力《こうちょうりょく》
傘体布　九五〇kg／m（八五〇）
補助傘　九五〇kg／m（八五〇）
吊　索　一五〇kg／m（径四ミリ芯入）
収納袋　一三〇kg／m
装帯布　一七〇kg（幅四五ミリ絹編）
自動曳索　七〇〇kg（絹組内径一〇ミリ）（三五〇kg径七ミリ）
傘頂繋止索（十六番、八子撚亜麻糸、三四巻きで、破断抗張力、八五キロ、ただしデサント用一式落下傘のみに限る）

二、重要細目

傘　体　五・二一kg（吊索とも）（三・八）
補助傘　〇・一四kg（〇・一一五）
装　帯　二・三五kg（二・二五）
収納袋　一・九五kg（二・五五）
自動索　〇・四五kg（〇・二二）
合　計　一〇・一kg（九・〇三）

三、主要寸度

傘体表面積　五〇㎡（四〇）
最大直径　六・〇m（五・三）
吊索数　二十四本（二〇）
空気抜直径　〇・二m（開傘瞬間、〇・八）
吊索の長さ　七・四m（五・五）
傘高　一〇・六m（六・八）
補助傘の直径　〇・八m（〇・七）
自動曳索の長さ　五・〇m（七・五）

四、主要性能
開傘時間　四・〇秒（二・五）
開傘後の落下速度　五・二m／秒（六・〇）
吊下重量　七五キロ（七〇）
備考
デサント用一式落下傘特型の要目を示し、カッコ内は操縦者用九七式落下傘二型のものを示す

落下傘が開くまでの運動

人間が機体を離れるや、まず水平方向に機速と同じスピードで放り出されるが、空気抵抗のためにそれは次第に減じていく。これとともに、地球の重力によって、人体は毎秒ごとに落下速度を増していき、いわゆる自由落下加速度運動を行なうが、この空中の落下スピードが増加するにしたがい、これに比例して空気の抵抗も大きくなってくるので、ついにはその釣り合いがとれて、それ以上落下速度は増大しない限界に達することになる。そしてこれからさきは、この同じ速度で空中を落下していくわけ

である。この速度を、最大落下速度という。

したがってこの最大落下速度（V、m／秒）は、降下員の重量（W、kg）、降下員の垂直投影面積（S、平方メートル）、空気密度（ρ）、および降下員、ひろくは落下体の抵抗の状態（抵抗係数と呼ぶ、Cx）によって影響され、また決定される。

かりに、地球上に空気がないものとして、真空中の落下を考えると、人体もしくは物体は、毎秒ごとに約九・八一メートル（重力の加速度、g）ずつ、落下スピードが増していき、止まるところがないから、人体だったら、どこかで、どうにかなってしまう。ところが、いま述べたとおり、さいわい空気の抵抗があるので、ある時間、ある程度落下すると、これ以上落下スピードは増大しなくなる。

それならば人間が落下傘を開かずに、黒玉のまま何秒ぐらい落ちたところでこの限界に達するか、そしてこの速力はどのくらいかというと、これは私がやったのではなく、ある文献の資料だが、高度二〇〇〇メートルから飛び降りると、空中を十二秒間落下したところで、毎秒五三メートルの速力（一〇六ノット）となって落ち着く。高度四〇〇〇メートルでは十四秒間で、毎秒五九メートル（約一一〇ノット）、高度一万メートルでは、十八秒間で毎秒八〇メートル（約一六〇ノット）、高度一万六〇〇〇メートルでは二十三秒間で、毎秒一一五メートル（約二三〇ノット）、というところである。

さきにもちょっと述べたとおり、ソ連などでは落下傘を開かずにそのまま高空より落下し、地上二、三〇〇メートルで開かせることをやっていて、いろいろの記録が生まれている。古い資料だが参考までにこの表を掲げてみよう。落下傘を開かずに抑制したまま、何メートル降下したかという降下距離（R）の記録だが、開傘抑制降下距離（R、メートル）、降下時間（t、秒）、開傘高度（h、メートル）の順。

開傘抑制降下記録

一九三二年まで――ハリソン（米）世界記録
一五〇〇（R）
一九三二年――エウドキモフ（ソ）全ソ記録
五五〇（R）、一四（t）、六五〇（h）、一二〇〇（H）
一九三二年――アファナシェフ（ソ）世界記録
二六〇〇（R）、三五・五（t）、四七（V）、二〇〇〇（H）、四〇〇（h）
一九三二年――メーニング（米）世界記録
三二〇〇（R）、六二（t）、三三五〇（H）、一五〇（h）
一九三三年――トラサム（米）世界記録

五三〇〇（R）、八七（t）、七〇〇〇（H）、一七〇〇（h）
一九三三年――ズオリギン（ソ）全ソ記録
二二〇〇（R）、四一（t）、五三・七（V）、二五〇〇（H）、三〇〇（h）
一九三三年――カイタノフ（ソ）全ソ記録
七一三〇（R）、六一・五（t）、五一・五（V）、三五七〇（H）、五〇〇（h）
一九三三年――エウドキモフ（ソ）世界記録
六四四〇（R）、一一五（t）、五六（V）、六九二〇（H）、四八〇（h）
一九三三年――エウセーフ（ソ）世界記録
七〇五〇（R）、一三一・五（t）、五三（V）、七二〇〇（H）、一五〇（h）
一九三四年――エウドキモフ（ソ）世界記録
七九〇〇（R）、一四二（t）、五五・六（V）、八一〇〇（H）、二〇〇（h）
一九三八年――ウィリアム（仏）世界記録
一〇六〇〇（R）、一七〇（t）、六二・三（V）、一〇八〇〇（H）、二〇〇（h）

以上、高高度降下の記録をあげたが、一般の落下傘は、人体が機体を離れて約四、五〇メートル落下したところで開くように計画されている。少し説明を付け加えれば、人体が機体を離れるや、まず機速と同じスピードで水平方向に放り出され、空気の抵抗のため、次第にそのスピードを減じつつ落下するので、一つの放物線《ほうぶつせん》を描いていく。そしてやがて水平方向の運動が止まり、下方に向かって垂直に落下するが、その水平方向の速力が零になったとき、いいかえれば、人体が機速の影響を受けなくなった時に、落下傘が開くように計画されているのが多い。すなわち、私たちが行なってきたように、大体約四秒間、五〇メートルほど落下したところで開く。

最後に、ご参考までに空気中の落体の運動の式をあげると——（符号、単位は前本文参照）

最大落下速度（V）、空気抵抗（R）

$V = \sqrt{\frac{W}{Cx\rho S}}$　$R = Cx\rho SV^2$

S——

降下員　〇・五——〇・九平方メートル

落下傘　　——五〇平方メートル

ρ——

地上〇・一二五

高度六七〇〇メートルでは、右の半分

高度平均五〇〇メートル以下、平均、〇・一二
Cx―
降下員　〇・〇四
落下傘　〇・六―〇・八
流動しやすい物体（滴状）　〇・〇二五―〇・〇三

落下傘が開いてからの運動

落下傘が開いてからは、地面に着くまでの間、風下に毎秒風の速さで流れる。例えば風速五メートルで三〇〇メートルの空中を落下する場合、落下傘の落下速度は毎秒約五メートルだから、約六〇秒空中を浮揚することになり、したがって三〇〇メートル風下側に流されることになる。厳密には人体が機体を離れてから、開くまでの間、飛行機の進む方向に、機速によって人体が移動するので、その距離だけ修正しなければならないが、これは開傘距離（開くまでの落下距離、約五〇メートル）の約八割程度とし、実用上、概算値を使用していた。

このほかに、開傘時の横すべりの惰力《だりょく》があって、空中で横の移動をやるが、その距

離は大きなものではない。

地上近くになって上昇気流のある場合、もちろん落下速度は減少するがそうでもない場合も、抵抗の加減か、着地付近の落下速度は若干減少する傾向がある。

落下傘は、吊索を引っ張った方向に横すべりをやるので、この方法で若干の操縦は効くことになる。

空中で落下傘が触れ合う場合、上方の落下傘は、下方の落下傘を伝って落下速度以上の急速度で落下するので、地上近くでは注意を要する。

機体からの飛び出し方

どんな飛び出し方で、どんな姿勢で降下しても、一〇〇パーセント開く落下傘でなくてはならないし、現代の落下傘はそのように製作されているので、あまり心配する必要はないと思うが、一応次のような点を念頭におき、一定の標準を設ける方が賢明である。

すなわち、落下傘を無理のないようにスムーズに開かせること、このためには落下傘が開くまでの間、落下傘を飛行機の方向に向けておくこと、背負い式では、人間の背を相対的に飛行機に向けておくような姿勢が望まれる。

次に地球に対し、頭か脚を向けた姿勢では、落下中血液が人体を縦に移動し、うっ血または貧血の傾向をきたすので、地球に向かって腹這いになった姿勢で空中を落下するのがいい。この姿勢では、血液の流れる方向は腹から背の方になるので、空中を落下中、意識はきわめて明瞭である。

そして空中でこれらの姿勢を維持するためには、手脚を左右四五度方向に開いて保ち、全身とくに腹部に力を入れた硬直した姿勢が、もっとも安定性があり、かつ、とりやすいものである。ドイツではこの姿勢でやっていたが、私たち海軍では、開傘の衝撃で肩部を負傷して以来、肩部に力を入れて両腕を屈することにしていた。

結論として跳出のやり方は、やや正横より前方に向かい七〇度（ほとんど上空に向かう）方向に、強く機体を蹴って飛び出す。空中ではいまいったとおり脚を開き、両腕を開いて屈した姿勢を開傘まで保つ。なお頭の下がった姿勢はいいとしても、脚が下になった姿勢では、降下中の気持はあまりいいものではないことを付け加えておく。ただし、空中では自然に頭の下がる姿勢となるので、とくに背負い式落下傘の場合は、脚が下になることは、ほとんどないものと思う。

また、もし眼鏡使用の人でも、これを糸で耳に掛けておけば、開傘時の衝撃で外れることはほとんどない。

着地のやり方

これは開いてからの落下速度によるが、一応の標準を述べることにする。

着地の衝撃は、落下傘の落下速度とその時の風速の合成されたものにより決定される。

落下速度による着地の衝撃は、大体、一メートル五〇ないし二メートルの台の上から飛び降りたものと同じである。こういってしまえば馬鹿に簡単だが、実際問題としてこの数値がはたして着地の衝撃をどのように響いてくるかということは、実地にやってみなければわからない。

海軍の落下傘の落下速度は、デサント用のもので毎秒五・二メートル、搭乗員用のもので毎秒六メートルとなっており、その間に毎秒〇・八メートルの開きがある。口では簡単に〇・八というが、これは馬鹿にならない。捻挫《ねんざ》骨折などの負傷をせずに安全無事に着地するために、基本体操から柔道の受け身、ブランコ訓練などを行なうが、毎秒五・二メートルの落下速度での着地衝撃に耐えるために、かりに一ヵ月の体育訓練期間を必要とすると、毎秒六メートルのものにおいては、三ヵ月ないしそれ以上の訓練期間が必要となってくる。これは私たちの研究の結果に基づくもので、集団養成訓練の成果を極力短期間に挙げるために、デサント用の落下傘の傘体を、搭乗員用のものより大きくし、そして落下速度を遅くした。

さて着地のやり方だが、落下傘は風下側に風に流されながら、一定の周期をもってブランコのような振動を伴って落下してくるので、着地の場合は風速、落下傘の落下速度、および落下傘の振動の三つのことを考えなければならない。

そこで具体的なやり方に移ると、高い台からの跳び降りの場合、後ろ向きに跳び降りることは危険であり、気持ちのいいものではない。したがって普通には必ず前方に跳び降りることはいうまでもない。

落下傘の着地のやり方もこれとまったく同じで、いまいった三つの運動が合成されて、落下傘は着地の瞬間、必ずその合成された方向に運動するので、必ず前進方向と後進方向があるわけで、着地の場合は必ずこの前進方向に人体の正面を向けて行なう。要するに高台からの前跳びと同じことをやる。落下傘の振動のない場合は、単に風を背に受けるように人体の方向を保てばいいことになる。

ところが落下傘の振動のある場合は、必ずしもそれでいいことにはならず、急速に身体を回転させながら、たえず落下傘の前進方向に、身体の向きを保っていなければならない。この練習を地上で行なうのが、いわゆるブランコ訓練で、落下傘と同一の動揺の周期を有するブランコを天井に吊り、これに人間を吊って振動を与え、さまざまな位置から人間を地上へ落として着地の練習を行なう――。

着地の姿勢は両脚を固く合わせて屈し、身体をくの字に硬直させたもので、この姿勢を保ったまま、両脚の爪先を同時に着地させる。前進方向で着地するので定められたとおりに行なえば必ず前方に転回する。このとき両脚で立とうとすると、脚に無理をして怪我のおそれがあるのでそのまま前方に転回し、受け身をする。これが私たちのやってきた着地の方法である。ここで一番大事なことは、必ず着地の瞬間には両爪先を合わせていること、および立とうとせずに前方に転回することにある。

落下速度のきわめて遅い落下傘ではこの限りではないが、そうでない場合は、この点を確実に守らないと捻挫骨折のおそれがでてくる。

開傘時の衝撃

開傘時の衝撃力は、デサント用の一式落下傘による実験の結果では、約六Gないし

一〇Gである。（機速一二〇ノット）

Gというのは地球の重力の略符で、人間の体重を六〇キロと仮定すると、この場合三六〇キロないし六〇〇キロの重さとなり、開傘の瞬間、逆にこの力が人体に働くことになる。この数字の衝撃力は、瞬間のGであって、実際にはそれほど、大きいと感ずるほどのものではない。

ただし、二点吊りの落下傘（開いた時、肩で二点に吊られるもの）で降下した場合、開傘の衝撃力を、開傘の瞬間、一方の点で受けとめた結果（落下傘の開く方向により、こうなることがある）、肩部を負傷したことがあって、その後一点吊り落下傘を採用していた。

海上に降りたらどうするか

落下傘を着けたまま海中に入ると、装帯（落下傘バンド）の布が海水のために縮まって、身体を強く締めつける結果、装帯がはずしにくくなる。それに風のある場合には、さらにこれによっても装帯が締めつけられることになり、ますますはずすのに困難となってくる。このために海中で身体の自由を失って溺死する危険にさらされることになる。

先にも述べたごとく、千葉県館山基地での降下訓練中、この事故で殉職者を出している。したがって海中に降下することになった場合は、あらかじめ上空で装帯をはずしておき、海上一〇メートル付近になった時、落下傘から離脱して海中に飛び込まなければならない。

訓練施設

訓練方法は、紙面の都合で省略することにして、最小限の訓練施設は次のようなもので間に合うということだけいっておこう。

落下傘折り畳み兼整備場

落下傘乾燥場

ブランコ（落下傘の動揺周期を有するもの）、およびマット

跳出台（輸送機の跳出孔に擬して造る）

このほか基礎体育のための体操場、および柔道場

要すれば、落下傘塔

投下試験ロボット（ダミー）

降下員の服装

もっとも注意しなくてはならぬことは、服装からいっさいのひっかかりをなくすること。たとえばボタンなどでも外部に露出させておくことは、望ましいものではない。このためには、全面フラットな緩やかなジャンパーもいい。

ズボンは脚を十分に屈しうる余裕を持った、いわばダブダブのものが有効。

靴は着地の衝撃を緩和するため、裏ゴムのものを使用する。

飛行帽、飛行手袋のようなものを使用すると、着地の際の擦傷から免れる。

これを要するに、運動に便利でいっさいのひっかかりのないという被服ということができる。

補助傘が服装のボタンにひっかかり、このために開傘が遅れて危険な状態に陥った例があるので、服装のひっかかりだけは絶対につくらないよう、重ねて注意をしておきたい。

物料携行降下の場合も、この原則を念頭において行なわなければならない。

落下傘事故

〃落下傘とは、必ず一〇〇パーセント開くものなり〃この前提の上に立って、落下傘降下に従事する者が与えられた義務を細心、周密、果断に遂行すること。

これが、落下傘事故を皆無にするために、絶対守らなければならない、落下傘訓練の要約と考えてよいだろう。

落下傘をますます改良進歩させるための技術的研究と、落下傘降下に従事するに当たっての降下員の真摯な態度とは車の両輪のごとく、落下傘事故防止上、絶対に相離して考えることはできない。

落下傘降下練習中において、いやしくも不開傘による事故は絶対あってはならない。

私たちが過去において冒した事故を、再びくり返さないように、否、より高度の進歩発達が近い将来においてもたらされんことを切に希望する。

あとがき

私がこれまで書いてきたとおり、海軍落下傘部隊は、当時なお創設の途上にあったのだが、今次大戦勃発とともに、超急速養成訓練を行なうのやむなき状況に立ち至り、訓練装備なお不完全のままに、降下作戦に臨んだのだった。

メナド降下作戦においては、敵飛行場の真っ只中に、文字どおりわずかに拳銃一挺と手榴弾数発だけで降下していった。しかしながら、これでも敵に勝ったのである。もちろん当時の戦勢の大局の赴くところ、敵に本格的な戦意のなかったことも確かにその原因の一つだったには違いないが、落下傘兵の旺盛なる敢闘精神が、何よりも一番大きな勝因であったことは否定できない。事実、敵に勝っていたのは、この敢闘精神だけだったかもしれない。

また、落下傘降下の実験研究開始以来、安全度一〇〇パーセントと称し難い落下傘を駆使して、訓練、研究に従事した数多くの青年には、いかなる刻苦も忍びこれを突破しようとする、満々たる闘魂と、殉国の精神といったものがみなぎっていたのである。

たとえ自己の一身は吹き飛ぼうとも……。

数多くの若人はみなこう願い、こう信じて、青春のすべてをかけて戦ったのである。そして、これらの多くの青年は死んでいった。

懐かしく私の心に甦ってくるのは、これら数多の青年の健気な、美しい姿である。今もなお、私の心を打ち続けている若人の純真無垢な、美しい魂と満々たる闘魂であった。

今は亡きこれらの若人に、私は今、心からなる感謝の真心を献げる。

本文中に出てくる落下傘兵の氏名は、これらの中のごく一部の人でしかない。個人の戦闘状況の記事について、もっと詳細かつ広範囲にわたりたかったのだが、戦後十有余年、手元になんらの資料を持たぬ現状から、それができなかったことをお断りしておきたいと思う。

純白の落下傘を紅《あけ》に染めて散っていった多くの落下傘兵の、美しく純なる青春の意気が、闘魂が、時と場所を変えて新しい時代に平和の国造りに、そして再び誤つことなき正しい方向に、そのバトンが継承される日こそ、その霊魂は永《とこし》えに安らかな眠りを続けるであろう。そしてこの小著が、ささやかな手向《たむけ》草の代わりともなれば、私のもって幸いとするところである。

山辺雅男

夫、山辺雅男の思い出

昨年（昭和五十九年）故人と海兵同期の川口様が、長女の結婚に際し、「お父さんの書かれたこの本を同期の徳納君のところで見つけたので、お嬢さんのはなむけに貰って来ましたよ」と言って一冊の小さな本を娘に手渡して下さいました。

丁寧に補修されたその本は、正しく三十年前に主人が書いたものでした。知人に差しあげたり、貸したりして、手元には一冊も残っていなかったので、ひとしお感激しました。

そんなおりに、偶然のように出版元の今日の話題社から再刊のお話があったのです。

主人は、海軍士官として、その情熱を国に捧げ、生き甲斐のある青春時代を過ごしましたが、戦い敗れてのちは、戦犯指定、潜行と、激動の人生を送ったのです。私はこのころ主人と出会い、何も喋らない彼の心の中から彼の心を聞くことができました。

私たちが結婚を決意したのは、主人の戦犯逮捕令が取り消しになり、五年間の潜行生活から晴れて新しい人生を歩めるようになったときでした。経済的基盤もなく、就職も決まっていませんでしたが、大きな夢と理想をもっていました。

私にとっては、多くの波乱を乗り越えてきた主人がとても頼もしく感じられ、彼の心に添って、ふつつかながら仕事の一端でも手伝えれば幸せと思い、どんな苦難があっても悔いは無いと思いました。

主人にとっては、その後も落下傘部隊の方々のことが何よりも気になっていたようで、昭和二十八年の夏に、マヌス島から戦友が帰還したときなどは横浜に飛んでゆきました。帰ってから私に、『桟橋は出迎えの群衆で超満員、巣鴨までの車はノンストップ。沿道も至る所で日の丸の歓迎だったよ、ひさしぶりに日本民族の団結の美しさを見たようだった』と、その光景をうれしそうに話してくれました。そのおりの主人の笑顔は今も私の脳裏に焼き付いています。それからも戦友のために、復員局、法務省、巣鴨などの間を走りまわっていました。

主人は子煩悩《ぼんのう》で優しく几帳面でした。ただ、お酒が非常に好きで、御前様ということもありました。長男の面倒を良く見、長女をいつくしみ、末娘にいたっては、どこへ行くにも手を引いて一緒でした。いつも真正直な人で絶対に嘘をつかず、また、固定観念にとらわれずに、いつも新しいことに興味をもって、何事も自分なりに工夫す

る人でした

戦後は勇気をもって独立し、茨の道を切り拓いてゆきましたが、事業運にはめぐまれず、苦労の連続でしたが、いつも『つづれを着ても心は錦だよ』といっていました。

そんな主人が突然ガンで倒れたときは、運命の酷薄さに断腸の思いでした。けれど、自己の信念をつらぬき通した主人の生涯に、私なりに真心と愛情を捧げ尽くせたことを思い、せめてもの慰めとしました。

ある年主人と二人で行った鎌倉八幡宮の初詣でのおみくじの歌が主人は、とても気に入っていたので、ここに静かに捧げたいと思います。

かげろうのもゆる春日の山桜　あるかなきかの風にかほれり

最後になりましたが、生前お世話になりました多くの方々に改めて厚くお礼申し上げます。

昭和六十年七月

山辺成子

解説

神立尚紀

本書『海軍落下傘部隊』は、日本初の落下傘降下作戦を成し遂げた「海軍落下傘部隊」の黎明期から終戦までの詳細を、第一線の指揮官であった当事者が書き残した唯一無二の貴重な記録である。

この本は、もとは著者・山辺雅男が、今日の話題社の雑誌「今日の話題」昭和三十一年（一九五六）第二十七集一月号に寄稿した『大降下作戦』がもとになっている。同年、加筆の上、鱒書房より単行本『海軍落下傘部隊』と題して刊行、この本は昭和六十年（一九八五）、今日の話題社から単行本、平成六年（一九九四）には朝日ソノラマより文庫本としてそれぞれ再刊されたが、平成十九年（二〇〇七）に朝日ソノラマが解散して以降は、長らく絶版状態になっていた。

今回、この本が光人社NF文庫で再刊され、ふたたび陽の目を見るのは嬉しいことだ。

いまや、陸軍だけでなく海軍にも落下傘部隊があったことはあまり知られていない。それどころか、海軍になぜ陸軍のような部隊（陸戦隊）が？　と疑問に感じる人も少なくない。

海軍陸戦隊は、はじめは必要に応じて軍艦の乗組員のなかから臨時に編成、上陸させて陸上戦闘にあたった。その歴史は意外に古く、明治十年（一八七七）の西南戦争で機動力を生かして反政府軍の鎮圧に活躍したという。日露戦争（明治三十七〜三十八年）の仁川上陸作戦や旅順攻囲戦、第一次世界大戦の青島攻略戦などでも、海軍陸戦隊は大きな役割を果たしている。

海軍陸戦隊のもう一つの重要な任務は、在外公館や在留邦人の保護である。なかでも昭和七年（一九三二）の上海事変では、海軍陸戦隊が在留邦人を守りつつ、圧倒的多数の中華民国軍を相手に激戦を繰り広げた。この戦いを機に、「海軍特別陸戦隊令」が制定され、上海海軍特別陸戦隊が正式な常設部隊になる。さらに昭和十一年（一九三六）に改正された「特設艦船部隊令」に基づいて海軍の各鎮守府ごとに、上陸作戦や占領地の守備に任ずるための本格的な陸戦能力を持つ特設鎮守府特別陸戦隊が次々に編成された。本書に登場する、落下傘部隊を擁する横須賀鎮守府第一特別陸戦隊（横一特）と横須賀鎮守府第三特別陸戦隊（横三特）も、そんな流れのなかで編成されたものだ。

敵中、あるいは敵の背後に落下傘部隊を降下させて敵を攪乱、あるいは陸上部隊と挟み撃ちにして占領する、という発想そのものは日本軍のオリジナルではない。昭和十五年（一九四〇）四月九日のデンマーク侵攻に始まるドイツ軍空挺部隊の活躍に刺激された日本陸海軍が、同年秋頃からほぼ同時期に研究、実験を始めたものだ。

本書の著者・山辺雅男が「テストパラシューター」に任命されたのは、たまたま彼が当時砲術学校にいて、同年秋に中尉に進級する、つまり初級士官としていちばん活きのいい年回りであったことによるだろう。

本書のなかには、暗中模索から始まった落下傘のテスト、訓練中の事故、敵中降下、そして白兵戦……海軍落下傘部隊の実相が余すことなく綴られている。機密を守るため、本来なら外出時も軍服でなければならない下士官兵に背広を着せ、民間人を装って二子玉川にあった読売落下傘塔へ赴いての落下傘体験。開かぬ落下傘や飛行機事故による殉職者の続出。そんな犠牲を乗り越えての実戦投入など、息もつかせぬ展開に、読者は手に汗を握るだろう。

最初に触れたように、日本軍の落下傘降下作戦は、昭和十七年（一九四二）一月十一日、海軍落下傘部隊によるセレベス島メナド・ランゴアン飛行場制圧が最初である。この日、落下傘部隊は、味方の水上機母艦「瑞穂《みずほ》」搭載の零式観測機による味方撃ちで犠牲を出し、また非開傘や敵の反撃などによる多くの戦死者を出しながらも作戦に成功した。

陸軍空挺部隊がスマトラ島パレンバンへの降下作戦に成功したのは、海軍より一ヵ月以上も後の二月十四日のこと。だが、この年九月に公開された陸軍空挺部隊の訓練と戦闘演習を描いた劇映画「空の神兵」が、同タイトルの主題曲とともに大ヒットしたことから、話題と知名度を陸軍にさらわれてしまった感があった。

山辺中尉が降下作戦に参加したのは、二月二十日のチモール島クーパン飛行場攻略戦である。このとき、山辺たちは文字通りの白兵戦を制し、飛行場を占領。以後、クーパンは、東南アジアにおける日本海軍の最前線基地として、オーストラリア北部への空襲の拠点となる。クーパン攻略は、戦略的にもきわめて重要な戦いだったと言っていい。

この戦闘のなかで、捕えた豪州軍捕虜についての記述が少しだけ出てくるが、おそらくこのことが、山辺のその後の人生に大きな影を落とすことになった。

テニアン島の米軍飛行場焼き討ち作戦の待機中に終戦を迎え、復員した山辺のもとに、占領軍から出頭命令がきたのは昭和二十二年（一九四七）七月のことである。チモール島での捕虜虐待の罪による戦犯容疑であった。山辺の同期生は二名が同様の容疑で南方で逮捕され、一方的な報復裁判で死刑判決を受け、刑場の露と消えている。山辺は、同期生の手を借りながら名を変え戸籍をつくり直し、別人になりすまして、昭和二十七年（一九五二）暮れに戦犯指定が解除されるまで、正味五年におよぶ逃避行を続けた。それは、山辺なりの命を懸けた戦いだった。

山辺は昭和五十一年（一九七六）、がんのため惜しくも他界するが、占領軍の追及から逃げ切り、戦後を生きたおかげでこの貴重な記録を世に遺した。海軍落下傘部隊の記録を書くまでは死ねない、そんな思いもあったのではないだろうか。

＊本書の発刊に当たって、著者・山辺雅男氏のご遺族の方の居所不明のため、ご遺族の方が本書をご覧になりましたら、光人社NF文庫編集部までご連絡下さい。
＊一九八五年九月　単行本　今日の話題社刊／一九九四年十一月　朝日ソノラマ文庫刊

装　幀　伏見さつき
DTP　佐藤　敦子

ＮＦ文庫

海軍落下傘部隊

二〇二四年三月十九日　第一刷発行
著　者　山辺雅男
発行者　赤堀正卓
発行所　株式会社　潮書房光人新社
〒100-8077　東京都千代田区大手町一-七-二
電話／〇三-六二八一-九八九一(代)
印刷・製本　中央精版印刷株式会社
定価はカバーに表示してあります
乱丁・落丁のものはお取りかえ致します。本文は中性紙を使用
ISBN978-4-7698-3350-5　C0195
http://www.kojinsha.co.jp

NF文庫

刊行のことば

第二次世界大戦の戦火が熄《や》んで五〇年――その間、小社は夥しい数の戦争の記録を渉猟し、発掘し、常に公正なる立場を貫いて書誌とし、大方の絶讃を博して今日に及ぶが、その源は、散華された世代への熱き思い入れであり、同時に、その記録を誌して平和の礎とし、後世に伝えんとするにある。

小社の出版物は、戦記、伝記、文学、エッセイ、写真集、その他、すでに一、〇〇〇点を越え、加えて戦後五〇年になんなんとするを契機として、「光人社NF（ノンフィクション）文庫」を創刊して、読者諸賢の熱烈要望におこたえする次第である。人生のバイブルとして、心弱きときの活性の糧《かて》として、散華の世代からの感動の肉声に、あなたもぜひ、耳を傾けて下さい。